우리술로 당당하게

KB183904

우리술당당에서 당신에게 어울리는 전통주와 함께
즐겁게 취하는 시간을 보내시길 바랍니다.

집JOB
문집 시리즈

내 일을 사랑하는 모든 사람들을 소개합니다. 나만의 가치와 마음을 가지고 언제나 즐겁게 열정으로 일하고 싶은당신을 위한 책. 가벼운 에피소드부터 일을 통해 깨닫는 진지한 삶의 의미까지. 현실적인 직업 현장의 모습과 조언, 일을 통해 나를 실현하는 통찰까지 담았습니다.

취하는 게 아쉬운 전통주 보틀샵 이야기

우리술로 당당하게

초판 1쇄 발행 2024년 12월 22일

지은이. 김치승
펴낸이. 김태영

책임편집. 신재혁

씽크스마트 책 짓는 집
경기도 고양시 덕양구 청초로 66
덕은리버워크 지식산업센터 B-1403호
전화. 02-323-5609

홈페이지. www.tsbook.co.kr
블로그. blog.naver.com/ts0651
페이스북. @official.thinksmart
인스타그램. @thinksmart.official
이메일. thinksmart@kakao.com

ISBN 978-89-6529-066-7 (03810)
© 2024 김치승

• **씽크스마트** 더 큰 생각으로 통하는 길
'더 큰 생각으로 통하는 길' 위에서 삶의 지혜를 모아 '인문교양, 자기계발, 자녀교육, 어린이 교양·학습, 정치사회, 취미생활' 등 다양한 분야의 도서를 출간합니다. 바람직한 교육관을 세우고 나다움의 힘을 기르며, 세상에서 소외된 부분을 바라봅니다. 첫 원고부터 책의 완성까지 늘 시대를 읽는 기획으로 책을 만들어, 넓고 깊은 생각으로 세상을 살아갈 수 있는 힘을 드리고자 합니다.

• **도서출판 큐** 더 쓸모 있는 책을 만나다
도서출판 큐는 울퉁불퉁한 현실에서 만나는 다양한 질문과 고민에 답하고자 만든 실용교양 임프린트입니다. 새로운 작가와 독자를 개척하며, 변화하는 세상 속에서 책의 쓸모를 키워갑니다. 흥겹게 춤추듯 시대의 변화에 맞는 '더 쓸모 있는 책'을 만들겠습니다.

자신만의 생각이나 이야기를 펼치고 싶은 당신. 책으로 사람들에게 전하고 싶은 아이디어나 원고를 메일(thinksmart@kakao.com)로 보내주세요. 씽크스마트는 당신의 소중한 원고를 기다리고 있습니다.

잡JOB
문집 시리즈
4

우리술로 당당하게

취하는 게
―――
아쉬운
―――
전통주
―――
보틀샵
―――
이야기
―――

김치승 지음

저자 김치승

전통주
어렸을 때부터 술을 가르치는 전통주 교육자의 길을 걸으셨던 어머니의 영향으로 늘 술을 빚고 배우며 자랐다. 내게 전통주는 사랑하는 문화이자 취미이며 동시에 유년기를 늘 함께해준 친구이다. 우리나라의 술 문화를 누구나 쉽고 재밌게 접할 수 있는 데에 보탬이 되는 삶을 살아가고 싶다.

관광학부
처음엔 여행이 좋아 관광학을 선택했고 이후에는 전통주를 업으로 삼기에 가장 시너지가 좋은 학문이라고 생각하여 대학에 진학했다. 고등학교에서는 외식경영을, 대학교에서는 관광학을 공부했다. 우리나라의 전통주 문화를 관광학과 연계하여 사케투어, 와인투어와 같이 한국을 대표하는 관광 콘텐츠로 성장시키고 싶다.

우리술당당
덕업일체. 말 그대로 평생 좋아하는 일을 업으로 삼아 살아가고 싶었다. 군대에서 사업을 구상하고 전역 후 성수동으로 달려가 전통주 복합문화공간 우리술당당을 창업해 직접 맛보고 선정한 400여 종의 전통주를 판매하는 전통주 판매점과 고서 속 레시피를 복원해 가르치는 전통주 체험공방을 운영하고 있다. 우리술을 좋아한다는 공통점 하나만으로도 모두가 하나되어 어우러질 수 있는, 술과 사람을 잇는 공간으로 자리잡고 싶다.

이런 책이 나오다니!

김치승 대표를 처음 만난 것은 우리술당당
창업 직후 개최한 양조장 대표와 함께 하는 시
음회 자리에서였다. 첫 인상은 깔끔하게 단장된
매장과 연결되어 부지런하고 철저하다는 것이
었고, 한 두 시간을 함께 하며 친절하고 예의가
몸에 밴 젊은이임을 알 수 있었다.

그를 만나기 전에 관장으로 강남에 전통주
갤러리를 오픈한 날 그의 어머니인 이현주 선생
을 처음 대면했다. 세간에서 한국 술, 특히 전통
주의 대모라 불리는 이현주 선생은 찾는 분이
워낙 많고 내 사업장이 시골에 있어 개인적인
교류 기회는 많지 않았지만, 가끔 모임에서 만
나면 촌철살인의 조언을 들을 수 있었다. 이따
금 은연중에 보이는 자랑에서 아들이 어떤 사람

인가 궁금해하기도 했었다.

시골 양조장에서 이상 발효 현상으로 머리를 싸매고 있던 중 김치승 대표가 안부 인사와 함께 원고를 보내왔다. 글을 써서 책으로 낸다는 것, 특히 자신의 일을 드러낸다는 것은 영혼과의 치열한 싸움이 수반되는 고통스러운 과정임을 알기에 대견하기도 했지만 불안한 구석도 있었다. 그러나 몇 페이지를 넘기자 불안감은 감동과 감탄의 물결로 바뀌었다. 유레카!

구성과 내용도 참신했지만 자신의 경험과 느낌을 전달하는 힘이 대단했다. 그 힘이 어디에서 나왔을까? 궁금증은 이내 풀렸다. 사회 초년생 답지 않은 다양한 실패와 성공의 경험, 그것들을 거짓 없이 담담하게 전달하는 진정성 때문이었다.

글을 읽어갈수록 김치승 대표는 겉은 온화하지만 자신에게는 한없이 엄격한 무서운 사람이라는 것이 느껴졌다. 끊임없는 복기와 연속적인 혁신적 발상, 실패를 두려워하지 않는 추진력, 외연확장형 대인 관계 등으로 이미 성공하는 사업가의 필수 덕목이 갖추어지고 있다는 것을 알 수 있었다. 양조장을 하든 보틀샵을 하든 주류 관련 업종에 종사하거나 진출을 생각하는 분들께 직간접의 시사점을 줄 수 있는 책으로 보인다.

세상에 책은 많다. 그러나 감동을 주고 실질적인 도움을 주는 책은 흔치 않다. 김치승 대표의 이 책은 한국의 주류 사회에서 살아남길 원하는 분들에게 절대 후회하지 않게 해 주리라 확신한다.

젊은 나이에 마치 영혼과 사업의 길잡이 같은 책을 세상에 내놓은 김치승 대표께 축하와 감사의 진심을 전한다.

주식회사 스마트브루어리 대표 오세용

우리술을 닮은 당당한 청년

통화는 잦았지만 정작 이 청년과의 만남은 2023년 막걸리엑스포가 처음이었습니다. 길게 늘어선 행렬 속에서 다가와 당당하게 인사를 건네는 그를 보곤 적잖이 당황했습니다.

'생각보다 잘생기고 무엇보다 아주 젊다!'

전화기 넘어 전해지던 그의 음성과 우리술에 대한 해박한 지식, 무엇보다 한국 전통주에 대한 당당함, 그 속에서 막연히 상상하던 이미지는 '전통주를 빚고 보틀샵을 운영한다면 대충 이런 모습일 거야'라는 편견에서 벗어나 반듯하면서도 당당한 서울 청년의 모습에서 그와 우리술의 새로운 미래를 엿볼 수 있었습니다. 학업, 보틀샵 운영, 시음회, 전통주 강의 등으로 매우 바빠 보이던 그가 책을 낸다는 소식을 듣고는 놀라면서도 그 당당함에 또다시 감탄할 뿐입니다.

『우리술로 당당하게』라는 제목에서조차 전통주에 대한 그의 당당한 애정과 미래가 그려집니다. 'MBTI 별 추천주'라는 주제는 술을 좋아하는 사람들뿐 아니라 그에 관심이 있는 독자들에게도 큰 매력으로 다가가 매우 흥미롭고 신선한 느낌을 전할 것입니다. MBTI와 전통주를 연결해 개인의 성격 유형에 맞는 우리술을 추천하는 접근은 창의적이면서도 재미있는 요소로 작용해 많은 사람이 공감하고 즐겁게 읽어 소통할 수 있을 것입니다.

한국 전통주의 세계는 단순히 마시고 즐기는 술을 넘어, 사람의 성격과 취향을 드러내는 중요한 요소이기도 합니다. 이 책은 우리술과 함께 일상 속에서 각자의 개성을 찾아내는 여정을 선사해 전통주를 마시는 또 다른 재미와 의미를 전달할 것입니다. 이 책을 통해 우리술에 대한 애정은 물론 재미있는 한국 전통주의 매력을 재발견하시길 당당하게 소망합니다.

다시 한번 출간을 축하드리며, 이 책이 많은 독자들에게 사랑받아 우리술이 한걸음 더 진일보하는 계기가 되기를 바랍니다.

민酒술도가 酒人, 김도후

당대표가 건네는 따뜻한 술 한 권

성수동이 부럽다.

10여개의 젊은 양조장과 힙한 술만 모이는 팝업 스토어도 그렇지만, 그곳에 우리술 보틀샵 '우리술당당'이 있어서다. 처음 우리술당당을 만난 건 지난해 이맘때였다. 소문으로만 듣던 지하 1층은 요즘 주목받는 우리술로 가득했고, 사람들은 오래 전 약속이라도 한 것처럼 화기애애하게 술잔을 기울이고 있었다. 가장 인상 깊었던 건 김치승 당대표였다. 그는 늦은 저녁에도 웃으며 손님을 맞이하며, 특유의 조근조근하고 다정한 목소리로 우리술을 설명하고 시음을 권했다. "영업시간 지나도 열어 둘 테니 천천히 마셔라."라는 넉넉한 한 마디는 덤이었다.

이 책이 반갑다.

다들 알다시피 보틀샵, 그중에서도 우리술 보틀샵을 운영한다는 건 결코 쉬운 일이 아니다. 책에서도 언급하듯이 우리술 보틀샵에서는 '우리술도 맛있다'는 점과 '다른 술보다 비싼 이유'를 끊임없이 설명해야 한다. 상상만 하던 그의 고군분투는 책 속에 고스란히 담겨 있다. '우리 집 서열은 찹쌀밥이 1등이고 나는 꼴찌'라는 웃픈(?) 이야기부터 3개월 만에 첫 가게가 문을 닫은 경험, 폐기된 술을 다 마셔버리겠다는 그의 패기까지, 솔직하고 당당한 열정이 드러나는 장면들은 미소 짓게 하면서도 마음 한구석을 뭉클하게 만든다. 무엇보다도 한 장 한 장에서 우리술에 대한 그의 깊은 애정이 느껴진다.

우리술 시장에 희망이 있다면, 그것은 김치승 당대표와 같은 열정 가득한 이들이 우리술을 사랑하고 있다는 점일 것이다. 이 책은 마치 그가 건네는 따뜻한 술 한 잔 같다. 위로와 재미가 한 권에, 아니 한 잔에 담겨 있으니 충분히 만끽하길 바란다. 무엇보다 한 사람의 당원으로서 이 책에 추천사를 쓰게 되어 영광이다. 오늘 저녁은 책에서 추천한 대로 '실패 없는 안동소주'를 한 잔 해야겠다.

『취할 준비』 저자, 기자, 박준하

젊은 창업자의 도전이 담긴 책

"우리술당당"의 창업을 통해 전통주의 세계에 새로운 장을 연 젊은 창업자의 도전은 참으로 인상적입니다. 어린 시절부터 어머니의 영향 아래 전통주의 깊이를 탐구하며 성장해 온 그는 젊은 나이에 이미 전통주만큼이나 깊이 숙성된 내공을 갖추고 있습니다. 그가 가진 열정과 자부심은 전통주를 세계에 알리며 새로운 문화 한류를 형성하려는 K-팝의 기상과도 닮아 있습니다. 특히 "술 냄새 가득한 나의 일상이 마치 술 한잔처럼 당신의 일상에 용기를 더하길 바란다."라는 그의 머리말 인사는 젊은 그가 우리에게 보내는 따뜻한 위로와 용기로 다가와 마음 깊이 잔잔한 감동을 남깁니다.

한양대 명예교수, 한국관광정책연구학회 회장, 이연택

나는
술 마시며
일합니다

술을 빚는 집에서 태어나 어깨너머로 배운 전통주가 마냥 좋아 어릴 적부터 술 마시며 일을 하겠다는 목표를 세웠다. 그로부터 10년이 지나 매장을 열었고 자영업자로서의 삶을 시작하게 되었다. 오직 한국의 술만을 팔겠다는 신념으로 수백 종의 술을 직접 맛보고 골라 진열하고 판매하며, 열심히 갈고 닦은 술빚기 실력으로 전 세계에서 찾아오는 수강생들에게 막걸리 빚는 법을 알려주는 게 우리 매장의 특징이다. 막연하게 '좋아하는 일을 하고 싶다'라는 생각으로 시작한 자영업 생활이 어느새 일년 이년이 지나 정신차리고 보니 내 삶의 전부가 되어있었다.

보틀샵의 하루는 술로 시작해 술로 끝난다. 매장에 도착하면 열심히 마실 술을 빚고 양조장에서 도착한 술들을 손님께 선보이기 전에 먼저 맛본다. 열심히 빚고 열심히 마시다 보면 어느새 취기가 은근하게 올라온다. 그렇게 아침부터 잔뜩 취한 채 내 하루는 시작된다. 반쯤 취하면 일도 공부도 즐겁다는 것이 창업하고 배운 가장 중요한 사실이다.

우리는 늘 좋아하는 일과 잘하는 일 그 사이에서 고민한다. 이 운명의 딜레마에서 열심히 고민하던 나에게 전통주는 운명처럼 찾아와 좋아하는 일이 주는 기쁨을 선물해주었다. 그 배경에는 언제나 전통주 갤러리의 초대 관장으로 부임하시며 내가 좋아하는 일을 할 수 있도록 물심양면으로 지지해주신 어머니와 세상에서 가장 멋지고 자랑스러운 형, 내 꿈을 자신의 꿈처럼 소중하게 여겨준 하루카, 그리고 무엇보다도 나와 내 가게를 아껴주고 사랑해주는 우리술 당당의 당원님들과 지금 이 순간에도 열심히 아름다운 술을 빚고 있는 전국의 전통주 양조사분들이 있다.

꿈을 펼칠 수 있도록 도와준 수많은 소중한 인연들과 세상에 이 책이 나올 수 있도록 기다리고 이끌어주신 신재혁 편집자님께 진심으로 감사를 전하며 술과 하나되어 술아일체의 삶을 살아가는 내 이야기를 시작하려고 한다.

술 냄새 가득한 나의 일상이 마치 술 한잔처럼 당신의 일상에 용기를 더하길 바라는 마음으로.

목 차

1부

술아일체의
삶을
꿈꾸고 있습니다

1.
나는 술 빚는 집
막내아들입니다

돌잔치 때 술을 잡았습니다

어쩌면 태어난 순간부터 나는 술이라는 거
대한 운명 속에 휘말렸던 것 같다. 내가 태어난
그 날 어머니께서는 직감적으로 내가 대를 이어
술을 할 것만 같았다는 느낌적인 느낌이 있으
셨다고 한다. 용한 작명가 선생님께서 지어주신
내 이름은 김치승, 다스릴 치(治)에 이을 승(承)을
더해 옛 가르침을 이어 잘 다스린다는 의미가

있다고 한다. 그 뜻 그대로 어느새 훌쩍 커버린 나는 어머니의 뒤를 이어 전통주를 빚고 전통주를 가르치는 사람이 되어있었다.

어머니께서는 전통주 교육가로 활동하시며 전통주를 주제로 한 책을 집필하시는 작가이시다. 어느새 대가 끊겨 순식간에 사라져버린 집의 가양주를 보며 문득 이렇게 사라진 전통주가 얼마나 많을까 라는 생각으로 술이 잊혀지는 게 아쉬워 전통주 관련 일을 시작하셨다. 한번 다짐하면 끝을 보는 성격인 어머니는 술에 관련된 책이라면 고문헌까지 살펴보며 술을 공부하셨고, 매일 직접 술을 빚으시면서 시장에 나온 술을 맛보셨다. 그렇게 어머니는 직접 배우고 익힌 술을 가르치고, 기록하며 전통주와 하나된 삶을 살게 되셨다. 덕분에 명절이면 집에서 직접 빚은 술로 차례를 지내고 큰 소줏고리로 소주를 내려 나눠 마셨다. 이런 어머니의 술을 향한 애정과는 달리 함께 사는 나로서는 술이란 철천지 원수나 다름없었다.

어머니께서는 연구를 위해 매일같이 술을 빚으셨는데 술 한 독을 빚기 위해서는 집안 전체를 동원해야만 했다. 뜨거운 밥을 술에 바로 넣었다간 발효에 필요한 좋은 균들이 죽기에 찹쌀밥은 늘 넓게 펼쳐 식혔고 술 빚는 데에 필요한 누룩은 햇볕에 말려서 사용해야 했기에 베란다에 펼쳐두었다. 그렇게 늘 우리집 마루에는 늘 찹쌀밥이, 베란다에는 빻은 누룩이 펼쳐져 있었다. 매일 학교를 마치고 하교하는 나는 그런 찹쌀밥을 피해 이리저리 발걸음을 산만하게 내딛으며 방으로 들어갔다. 혹여나 실수로 그 밥을 밟기라도 하면 그날 하루는 잔소리를 들으며 보내야 했다. 그때마다 '우리집 서열은 찹쌀밥이 일등, 누룩이 이등, 그리고 엄마가 삼등, 나는 꼴찌'라고 생각하곤 했다. 엄마가 차려주는 밥은 내 입에 오기도 전에 술이 먹기 바빴고, 내 말에 귀 기울여주는 대신 술독이 내는 술 익는 소리에 귀 기울이는 어머니를 볼 때면 어머니가 낳은 자식은 내가 아닌 술이 아닐까 생각했던 적도 있었다. 그렇기에 나에게 있어 술이란 어릴 적 내게 필요한 엄마의 관심을 독차지하는, 도무지 이뻐해 주려야 이뻐할 수가 없는 존재였다. 하다못해 우리집 고양이도 애교를 부려야 간식이 떨어지기 마련인데 마치 상전처럼 걸터앉은 술독이 가만히 앉아서 엄마가 주는 밥을 얻어먹는 꼴이 도무지 납득할 수 없는 상식 밖의 일이었다. 그렇게 내 마음속 한편에는 술로부터 독립되고 싶은 간절한 바람이 자리잡게 되었다. 술을 한모금도 맛본 적 없는 초등학생 꼬마가 음주를 시작하기도 전에 금주를 간절히 바랐던 것이다.

그러던 어느 날 평소와 같이 하교를 마치고 집에 오니 찹쌀밥과 누룩이 온데간데없이 깨끗하게 정리되어 있었다. 어머니께서는 애지중지 키우셨던 술을 하나하나 걸러 용기에 옮겨 담으

시더니 이내 트렁크를 가득 채울 정도로 많은 술과 집기를 옮기고 계셨다. 집에서의 긴 연구를 마친 어머니는 마침내 공방을 열어 그곳에서 술을 빚기로 하신 것이다. 이젠 넓게 펼쳐진 밥을 피해 요리조리 걸어 다니던 일상도, 누룩가루가 미세먼지처럼 자욱한 베란다도 없다. 우리집과 술의 오랜 동거가 끝나는 순간이었다.

술맛을 그리워하는 초등학생

그렇게 술을 떠나보내고 나면 후련할 것만 같았던 것과는 달리 막상 텅 빈 자리를 보니 허전했다. 집안을 차지하는 것이 짜증나기만 했던 찹쌀밥의 달콤한 향도, 누룩의 고소한 냄새도, 무엇보다도 엄마 몰래 한 움큼씩 먹었던 그 맛이 그리워지기 시작했다. 나도 모르게 전통주의 매력에 스며들어버린 것이다. 그제서야 그동안 눈엣가시처럼 느껴졌던, 책장을 가득 채운 술과 관련된 책들과 양조용품들이 눈에 들어오기 시작했다. '찹쌀과 물이 만나 어떻게 부글부글 끓어오르는 걸까?' '대체 술은 누가 어떻게 처음으로 만들었을까?' 술이 밉다며 수 없이 칭얼거리기만 했기에 차마 어머니께 물을 수 없었던 질문들이 차곡차곡 쌓이기 시작했고 그토록 술에 시달린 내가 술에 관심을 가졌다는 사실을 부정하는 이른바 '입덕부정기' 또한 겪게 되었다. 어릴 적 호기심으로 술아일체의 삶을 살게 되셨던 어머니처럼 어느새 나도 술에 눈독을 들이기 시작했다.

2.
11살, 술 마시기
딱 좋은 나이

　뉴스를 볼 때면 나도 모르게 눈가를 찌푸리게 만드는 기사들을 보곤 한다. "10대 음주운전 사고" "10대 주취폭력"과 같은 사건들이다. 스스로 법적책임을 질 수 없는 10대가 술을 마시고 불러일으키는 다양한 사건사고는 현재 우리사회가 겪고 있는 수많은 사회문제 중 하나이다. 자기자랑은 아니지만 나는 이러한 주취로 다양한 사건사고를 일으키는 사람들을 이해하기가 어렵다.

어렸을 적부터 술을 취할 때까지 마셔선 안 된다는 것을 귀에 닳도록 들어왔을 뿐만 아니라 술한 잔을 소중하고 신기하게 여기기에 그럴 수 있는 것 같다. 하지만 아이러니하게도 이들과 내게는 공통점이 하나 있는데, 바로 10대 때 처음으로 술을 접했다는 사실이다.

처음 술을 맛보았을 때의 순간은 잊을 수 없는, 설레는 추억으로 남아있다. 다만 나에게는 그 첫 순간이 남들보다 빠르게, 그것도 너무 빠르게 내 삶에 다가왔다. 한창 친구들과 밖에서 뛰어놀던 초등학교 4학년 시절 나는 인생에서의 첫 술을 경험했다.

11살 여름방학, 마침내 길고 길었던 고생끝에 술로부터 해방되어 술 없는 삶의 기쁨을 만끽하고 있었던 나는 종일 만화책을 읽고 게임을 하며 시간을 보내고 있었다. 나보다 술을 더 애지중지 여기며 키우시던 어머니는 사무실을 개업하고 정기적으로 술학원에 출강을 하시는 술선생님이 되셨다. 방학동안 매일 방에만 있던 내가 못마땅했던 어머니는 나를 술을 가르치시던 전통주 학원에 데려가셨다. 계단서부터 익숙하고 친숙한 술냄새로 가득했던 그곳은 전통주를 배우고자 전국에서 모인 양조사들이 함께 술을 빚던 곳으로 수염을 잔뜩 기른 어르신부터 엣되어 보이는 대학생까지 모두가 한마음 한뜻으로 술을 배우던 공간이었다. 내가 방문한 그날은 '동정춘'이라는 이름의 술을 빚는 날이었다. '양조사의 혼을 갈아 빚는다'라는 별명을 지닌 술 동정춘은 쌀로 빚은 떡에 물을 적게 넣어 발효해 마지막으로 찹쌀을 더해 빚는 술로 진한 달콤함이 특징이다.

무더운 여름날 땀을 뻘뻘 흘리며 술을 빚던 양조사들의 모습이 어렸던 내게는 재밌게만 느껴졌다. 이때까지만 해도 이 일이 먼 미래 나의 일이 될 것이라고는 상상도 하지 못했다. 어머니께서는 마찬가지로 땀을 뒤집어써가며 직접 빚으신 잘 익은 동정춘을 작은 종지에 담아 살짝 맛보여주셨다. 그리고 한 모금 맛봤던 그 동정춘은 생애 첫 술이 되었다. 진하게 졸인 캬라멜 같은 달콤함에 쌀의 고소한 풍미가 어우러지는 마치 조청처럼 달콤한 술, 한모금을 넘긴 뒤에 찾아오는 은은한 술기운은 마치 나른한 햇살처럼 따사롭게 느껴졌다. 그리고 이토록 아름다운 무언가를 만들어내는 양조사들의 모습이 새삼 다르게 보였다. 태어나서 처음으로 맛봤던 술은 도무지 제멋대로 마시고 흠뻑 취할 수 있는 무언가가 아니었다. 수많은 양조사들의 열정이 더해져 겨우 얻어낼 수 있는 술 한 모금, 그로부터 수많은 시간이 지난 지금 곰곰이 생각해보면 이러한 술 빚기의 고됨을 어린 나이에 직접 경험할 수 있었기에 가벼운 마음가짐으로 술을 대하지 않는 나만의 음주철학이 완성될 수 있었던 것 같다. 그날 나는 술과 사랑에 빠졌고 나와 술이 하나되는 삶,

술아일체는 시작되었다.

애주의 시작은 술 한 잔의 소중함을 깨닫는 일에서부터 시작된다. 수많은 양조사의 땀방울 끝에서 마침내 탄생하는 술 한잔이 주는 감동을 더욱 많은 사람이 경험한다면 어쩌면 우리가 마주하는 다양한 술에 관한 사회문제들의 실타래를 조금은 풀어나갈 수 있을 것이라고 조심스레 생각한다.

3.
전통주에
빠져들었습니다

술은 원래 달지 않아?

시간이 흘러 대학생이 된 나는 집에서 조금씩 마시던 전통주가 아닌 다른 종류의 술을 마실 수 있었다. 동기들과 방문한 술집에서 처음 마신 술은 내게 큰 충격으로 다가왔다. 그동안 어머니께 받아 마셨던 술은 달콤해서 기분 좋은 맛이었기에 우리나라의 모든 술에서 다 달달한 맛이 나는 줄 알았던 것이다. 처음 맛보는

알코올의 쓴 맛에 '이걸 돈 주고 마신다고?'라
는 생각이 저절로 들었다. 하지만 인간은 적응
의 동물이라고 했던가. 쓰고 맛없기만 했던 술
은 계속 마시다 보니 어느새 익숙한 맛으로 변
했다.

직접 빚은 막걸리 한 잔 어때?

술에 취하는 것이 일상으로 자리 잡으려던
때 우연히 동기들을 집에 방문한 적이 있었다.
당시 집에는 아무도 없었기에 자연스럽게 술을
마시기 시작했는데 그때 꺼낸 것이 집에서 빚은
전통주였다. 돈 없는 대학생이 마실 수 있는 술
은 한정되었기에 평소에 보지 못한 술을 보자
동기들의 눈이 반짝이기 시작했다. 잔에 따라
마시자 여기저기에서 탄성이 터졌다. 집에서 직
접 빚은 술의 농밀하고 깊은 맛에 동기들은 "시
중에서 파는 막걸리하고 차원이 다르다" "지금
까지 마셨던 막걸리가 모두 부정당하는 느낌"

등 극찬을 아끼지 않았고, 나는 왠지 모를 뿌듯함을 느꼈다. 어렸을 때는 누룩과 찹쌀밥에 치여 사느라 막걸리에 부정적인 감정이 남아 있었는데 집에서 빚은 술을 마시고 좋아하는 사람들의 모습을 보니 처음으로 '술 빚는 집에서 태어난 것이 행운이다'라는 생각과 함께 막걸리를 긍정적인 시선으로 다시 보게 되었다.

4.
본격적으로
창업을 준비합니다

덕질의 끝은 덕업일체로 끝난다

좋아하는 연예인, 취미, 드라마 등을 소비하고 응원하는 일련의 행위를 우리는 '덕질'이라고 한다. 그리고 그런 덕질에 진심인 그들에게는 공통적인 꿈이 하나 있다. 바로 덕질과 일이 하나되는 경지, 즉 '덕업일체'이다. 처음 전통주와 사랑에 빠진 뒤로 나는 줄곧 전통주를 덕질하기 시작했다. 11살 처음으로 술이라는 문화를 접하고 경험했던 나에게 이러한 '술덕질'은 도무지 사회적으로나 윤리적으로나 용인될 수 없는 사랑이었지만, 그런 것에 일일이 신경 쓰는 것은 덕질이라고 할 수 없다. 집안 곳곳에 쌓여 있는 수많은 전통주와 술에 관한 서적들, 그리고 다양한 양조기구들, 어머니께서 퇴근길에 크리스마스 선물처럼 자랑스럽게 보여주곤 하셨던 새로운 전통주들이 선사하는 신비로움과 어머니와 함께하는 전통주를 빚는 일까지. 나에게 있어 전통주는 어느새 삶의 일부가 되어있었고, 전통주가 없는 삶은 도무지 상상할 수가 없었다. 그렇게 내 꿈은 전통주에 대한 덕질, 그리고 일이 하나되는 전통주 덕업일체가 되었다.

하지만 덕업일체를 꿈꾸는 모든 덕후들이 그렇듯 현실은 덕업일체를 좀처럼 허락하지 않았다. '덕질을 선택하거나 현실을 선택하거나, 그것도 아니라면 모두 포기하거나'라는 극단적인 삼자택일만이 도사린다. 이러한 현실은 전통주 덕업일체의 미래를 상상했던 나 또한 마찬가지였다. 고등학교 3학년, 덕업일체의 삶을 꿈꾸며 당당하게 수능시험장에 들어갔던 나는 안타깝게도 '불수능'의 쓴맛을 봐야 했다. 자신있었던 1교시 국어 과목이 불수능을 만나 극악무도한 문제들로 날 배신했고, 멘탈 관리를 실패한 나는 이후 과목도 줄줄이 미끄러지며 행복한 캠퍼스라이프를 자연스럽게 1년 유예하게 되었다. 그렇게 수능과의 복수전을 다짐하며 고등학교를 졸업하고 재수생이 된 나에게 덕업일체는 온데간데없이 오로지 대학교 입학만이 삶의 유일한 목표이자 희망이 되었다. 매일 끊임없이 외우는 영단어와 수학공식, 그리고 밤새 계속되는 강의와 자습 사이에 전통주는 도무지 낄 자리가 없었다. 수없이 많은 기출문제와 수능특강에 이리저리 치여 몸과 마음 모두 산산조각이 났던 재수생의 겨울, 마침내 나는 길고 길었던 수험생활을 마무리하고 원하는 대학교에 입학했다.

　　현역으로 대학에 간 새내기와 재수를 한 새내기는 마음가짐부터가 사뭇 다르다. 19살에서 갓 성인이 된 새내기가 즐기는 일탈이 부모님의 비난을 자아낸다면, 성인으로서 놀 수 있는 기간을 무려 1년이나 유예 받은 재수상의 일탈은 창조주의 비난을 자아낸다. 재수를 마치고 대학생이 된 나의 일탈은 그 어떤 종교의 교리에서도 용납할 수 없었던, 말 그대로 망나니와 같은 삶이었다. 21살의 기억들은 꽤나 가물가물하다. 벌써 시간이 많이 지나서, 너무 정신없이 흘러가서 같은 이유 따위가 아니다. 난 매일 취해있었다. 취하지 않은 시간이 취한 시간과 비교할 수 없을 만큼 짧았다. 전국각지에서 모인 동기들과 함께 학교가 끝나면 연신 술을 마셨고 그렇게 함께한 동기들이 끝없는 음주에 지쳐 쓰러질 때면 다른 동기들로 갈아타 다시 술을 마셨다. 마시는 주종도 꽤나 다양했다 그토록 좋아했던 막걸리는 물론이거니와 소주, 맥주 그리고 그 두 개가 만나 탄생한 소맥까지. 그렇게 마시고 취하는 게 전부였던 나의 일상은 예상치도 못한 제3자의 개입으로 하루아침에 제 길을 되찾게 되었다. 바로 어머니였다. 매일 망나니 같았던 나의 일상을 보다 못한 나머지 어머니께서는 나를 더 좋은 대학교로 편입시켜주셨다 강원도에 자리잡은 국립 명문대학교 '군대'였다.

주마등에 막걸리가 보일 확률

"군대 가면 사람 된다."라는 말은 단지 군대에 간 당사자만이 아닌 그 당사자의 보호자와 가족, 그리고 친구까지 모두가 동의하는 일생의 진리이다. 입대 전날까지 술을 마시고 취해 있던 나를 먼저 군대에 다녀온 형은 음흉한 웃음을 지은 채 지켜봤다. 그때까지만 해도 그 웃음이 무슨 뜻인지 몰랐던 나는 입대한 당일 곧바로 그 웃음이 개과천선할 미래의 나에 대한 만족감이 자아내는 웃음이었다는 사실을 깨달았다. 그렇게 국립명문대 군대에서 나는 사람으로 거듭났다. 내가 배정받은 부대는 전방에 자리잡은 공병부대로, 나는 지뢰병으로 근무했다. 내게 주어진 임무는 최전방에 위치한 지뢰매설지대의 지뢰를 제거하는 일로 지뢰로 인해 발을 디딜 수 없는 불모지를 개간한다는 목적의 작전으로 '불모지 작전'이라고 불렸다. 6개월 간 이 작전에 차출된 나는 최전방에 지뢰매설구역에서 매일 30kg에 달하는 갑옷을 입고 산을 헤집으며 지뢰를 찾는 일을 맡았다. 매일 지뢰를 캐고 안전지대를 확보하고 작전 중에 잘라낸 나무들을 나르고 혹시 모를 폭발에 벌벌 떠는 것은 어느새 내 일상이 되어있었다.

평소와 다름없이 작전에 투입되었던 어느날, 이미 탐지를 마치고 개척했던 안전지대에 전날 폭우로 인해 매설된 지뢰가 유실되어 휴식을 취하고 있던 우리의 바로 옆에서 발견되었다. 그렇게 1m를 간신히 앞두고 삶과 죽음의 경계에서 돌아온 그날 나는 삶이 정말이지 덧없다는 사실을 깨달았다. 마냥 멀다고만 생각했던 삶과 죽음 그 사이의 경계는 겨우 1m, 한 발자국이라는 것을 몸소 체험했다. 그리고 작전을 마치고 돌아와 곰곰이 내 삶을 되돌아봤다. 지금 이순간 죽는다면 난 무엇을 가장 후회할까? 수많은 생각이 내 머릿속을 스쳐 지나갔다. 그리고 한 단어에서 멈춰섰다. "전통주" 겨우 죽음을 모면한 그 순간 내 머릿속에서 그저 전통주 한잔이 생각났다. 좋아하는 술 한잔을 빚고 싶었다. 좋아하는 술에 둘러 쌓여 매일 마시고 빚고 싶었다. 좋아하는 일을 최선을 다하지 않았다는 것. 그것이 무덤에 묻히는 그 순간까지도 후회될 것만 같았다. 그날 이후 내가 해야 할 일들을 정리하기 시작했다. 창업을 향한 나의 여정은 그렇게 시작되었다.

　길었던 군생활도 어느새 막바지에 다다를 때쯤 당시 전통주 산업은 이제껏 한 번도 누려 본 적 없었던 전성기를 누리고 있었다. TV에서는 연신 연예인들이 나와 전통주에 관한 시음기와 후기, 경험을 나누었으며 막걸리를 빚는 도가의 대표님들이 마치 연예인처럼 자신의 술을 널리 홍보하고 있었다. 단 한 번도 본 적 없었던 색다르고 신선한 신상 술들이 하루가 멀다하고 출시되었으며 인기있는 막걸리를 사기 위해 오픈런을 하는 일이 비일비재했다. 그러나 모든 양조장이 그런 것은 아니었다. 아이러니 하게도 저마다의 고유한 양조법을 지켜가며 훌륭한 술을 빚던 몇몇 도가들은 판매처를 찾지 못하고 마케팅을 하지 못한 채 점점 힘을 잃었고, 그중 심지어 몇몇 양조장은 양조를 그만두고 사라지기도 했다. 내가 좋아했던 술들이 사라진다는 사실은 꽤나 씁쓸한 일로 다가왔다. 그리고 내가 좋아하는 술 한잔을 지키기 위해 지금 내가 할 수 있는 일들을 고민했다. 길고 긴 고민 끝에 내가 좋아하는 이 문화를 더욱 많은 사람들에게 전할 수 있는 공간을 창업하기로 다짐했다.

5.
10년 만에 나만의
가게를 차렸습니다

좋아하는 것을 업으로 삼는 것

젊음의 패기로 시작한 창업을 향한 나의 여정은 시작부터 난관에 봉착했다. 전통주를 좋아하기에 전통주와 관련된 사업을 하고 싶었으나 막상 창업을 하려고 하니 이 산업에서 내가 무엇을 할 수 있을지, 어떤 일을 해야 할시 막막했다. 그래서 내가 잘하는 일을 떠올려 보았는데 바로 '술을 마시는 일'이었다. 하지만 아무짝

에도 쓸모없을 것만 같았던 이 특기가 과연 어떤 일에 적합할 수 있을지 의문이었다. 그러다 문득 수십 종의 술을 하나하나 맛보던 소믈리에의 모습이 떠올랐다. 소믈리에처럼 직접 맛본 전통주를 내 취향에 맞게 전시하고 판매하는 '전통주 전문 셀렉트샵'으로 목표를 정했다, 막상 목표를 정했지만 내심 아쉬움이 남았다. 술을 마시는 것도 좋지만, 술을 빚는 것 또한 정말 좋아하는 일이기에 술 빚는 일을 포기하는 것이 너무나도 아쉬웠다. 다시 깊은 고민에 빠졌다.

오래전 어느 휴대폰 광고에 유명 축구선수가 남긴 유행어가 있다. "난 둘 다" 술을 마시는 것도, 빚는 것도 포기할 수 없었던 나는 '판매도 하고 만들기도 하는 매장'을 기획했다. 이것이 처음 '우리술당당'을 기획했을 때의 청사진이었다. 모든 게 완벽할 것만 같았던 나의 청사진은 아이러니하게도 창업을 위한 시장조사를 하던 중 급하게 수정할 수밖에 없었다. 다양한 전통주를 쉽고 즐겁게 구매하고 맛볼 수 있는 셀렉트 샵을 오픈하는 데에는 이견이 없었지만 양조장을 창업하고자 했던 부분에 문제가 생겼다. 매장에 들여놓을 술을 고르기 위해 수많은 막걸리를 맛보고 마음에 드는 막걸리를 고르던 중 이제껏 내가 맛본 술들이 무색할 정도로 매일같이 새로운 술들이 수없이 출시된다는 사실을 알게 되었다. 당시 전통주 산업은 매일 수많은 양조장에서 수십가지의 전통주가 출시되며 끝없는 경쟁으로 과열된 상황이었다. 이 전쟁 같은 시장에서 살아남기 위해서는 단지 '좋아하는 술을 빚는 것'만으로는 부족했다. 시장에 대한 깊은 통찰력과 관록, 그리고 마케팅과 같은 분야의 오랜 경험이 있어야만 살아남을 수 있다는 현실을 마주했다. 나는 술을 마시는 걸 좋아하는 소비자였을 뿐 그 분야에서 경쟁력 있는 전문성을 가지고 있지 않았다. 그리고 무엇보다도 이 과열된 시장에서 필요로 하는 것은 또 다른 공급자가 아닌 소비자와 생산자를 이어주는 가교역할을 할 수 있는 공간이라는 것을 깨달았다. 그렇게 잘 마시는 것과 잘 빚는 것 사이에서 '잘 마시는 나'의 특기에 집중해 직접 맛보고 선정하는 전통주를 판매하는 업장으로 목표를 수정했다.

우리술당당에 어서오세요

한국의 전통주를 쉽고 재밌게 만날 수 있는 공간, 양조장과 소비자가 하나되어 소통하는 공간, 한국을 넘어 세계에 전통주를 알리는 공간. 그런 공간을 꿈꾸며 좋아하는 것 앞에 당당해지고자 하는 내 포부를 담아 "우리술로 당당해지는 공간"이라는 슬로건으로 '우리술당당 창업 프로젝트'를 시작했다.

길었던 예비창업가로서의 기간을 뒤로하고 서울의 다양한 공간을 물색하며 창업을 향한 본격적인 발걸음을 내딛었다. 그렇게 나의 인생 첫 가게는 서울에서 번화한 곳 중 하나인 성수동에 자리를 잡았다. 공장들이 즐비한 공업지대 한가운데 자리 잡은 미술관과 옛 공장을 리모델링해 탄생시킨 카페는 옛것과 요즘 것이 어우러져 새로운 문화를 만들고 있었다. 성수동의 매력에 푹 빠져버린 나는 여기가 우리술당당과 가장 잘 어울리는 장소라고 생각했다.

하지만 누구나 보는 눈은 똑같은 법. 성수동의 매력에 매료된 사람은 나뿐만이 아니었다. 여러 부동산을 돌아다니며 시세를 알아보던 중에도 성수동의 임대료는 실시간으로 치솟았고 곧 성수동에 등장한다는 다양한 명품 브랜드의 플래그십 스토어와 대기업의 팝업스토어를 소개하는 신문기사는 임대료 상승에 기름을 부었다. 그럼에도 성수동에 반해버린 나는 틈만 나면 부동산에 들러 성수동에 어떤 공간이라도 좋으니 임대할 수 있는 공간을 알아봐달라며 무턱대고 졸랐고 끈질김에 못 이겨 부동산 중개업자분은 예전에 방직 공장으로 사용하던 공간을 소개해주셨다. 그렇게 지하에 자리잡은 옛 방직공장에 나만의 가게를 열었다.

　당시 성수동은 강남을 제외한 서울의 어떤 상권보다도 임대료가 월등히 높았다. 내가 임대한 자리도 성수동이라는 이름에 걸맞게 높은 임대료를 자랑하고 있었다. 첫 창업부터 높은 월세를 감당하게 된 나는 조금이라도 돈을 아끼고자 열심히 발품을 팔아 공사 견적을 받아가며 비교하고, 직접 페인트칠을 하고, 가구를 조립하며 본격적으로 오픈을 준비했다. 매캐하고 탁한 지하 공간 특유의 공기에 페인트의 가스가 더해져 연신 눈물을 줄줄 흘리면서 페인트를 칠하고 바닥 공사 비용을 한 푼이라도 아끼기 위해 수십kg에 달하는 타일을 나르면서도 조만간 이곳이 세상엔 없는 오직 나만의 가게가 될 것이라는 설렘이 힘든 것도 잊게 만들었다. 그렇게 스물세살의 봄, 성수동에서 전통주 덕업일체라는 꿈을 향한 첫 발걸음을 내딛었다.

직접 빚은 술을 차례상에 올려봤습니다

명절을 맞아 차례를 지내면 빠지지 않는 것이 바로 술이다. 맑은 술을 올려 차례를 지내고 다같이 나누어 마시면서 담소를 나누는 것이 흔한 풍경이다. 우리집도 마찬가지로 차례를 지낼 때 맑은 청주를 사용했다. 하지만 우리술당당을 창업하고 전통주 체험 클래스를 준비하면서 내가 직접 빚은 술을 친척들에게 소개도 하고 차례상에 올리고 싶었다. 처음 이야기를 들은 친척들은 어머니가 아닌 내가 빚은 술을 사용하는 것이 썩 마음에 들지 않았지만, 차례를 지내고 한 잔씩 마신 후에는 진한 풍미가 차례 음식과 잘 맞아 좋다며 다음 명절의 차례상에도 올리자고 적극적으로 이야기했다. 명절에 친척들이 모여 내가 직접 빚은 술을 마시며 화기애애한 모습을 보니 막걸리 클래스에서도 충분히 좋은 반응이 나오겠다는 확신이 들었다. 덕분에 우리집은 지금도 명절이 되면 내가 빚은 술로 차례를 지낸다.

6.
3개월만에
폐업했습니다

　　대자영업자의 시대이다. 통계청의 조사에 따르면 2023년 기준 대한민국에는 568만 9천명의 자영업자가 매일 손님들을 맞이하며 저마다의 가게를 꾸려나가고 있다. 대략 열명 중 한 명이 자영업자인 것이다. 그리고 이들 중 77.2%는 5년 이내에 자신의 가게를 폐업한다. 다시 말해 10곳의 가게 중에서 오직 2곳만이 5년 이후에도 생존한다. '폐업'이라는 말은 사업을 시작할 때에는 꽤나 낯선 이야기처럼 다가오지만 하루, 이틀이 지나고 어느새 폐업이 나의 일이 될 수도 있다는 사실이 수많은 자영업자의 목을 죄어 오곤 한다. 나의 첫 가게는 이러한 통계를 뛰어넘어 1년도, 2년도 아닌 고작 3개월만에 폐업하며 나에게 쓰디쓴 교훈을 남겼다.

세상에 없던 전통주복합문화공간

"우리 술로 당당해 지겠다."라는 다짐으로 시작한 우리술당당은 전통주 복합문화공간으로 전통주 칵테일을 즐길 수 있는 전통주 바와 전통주를 구매할 수 있는 전통주 보틀샵으로 구성된 공간이었다. 바에서는 직접 개발한 막걸리 베이스의 칵테일을 판매했고 보틀샵에서는 직접 맛보고 선정한 200종의 전통주를 큐레이팅했다. 구매한 전통주는 매장에서 마시고 갈 수 있게 공간을 구성했고, 매주 새로운 신상 전통주를 입고해 열심히 홍보하며 판매했다. 전통주 복합문화공간이라는 독특한 성격 덕에 매장은 오픈과 동시에 꽤나 북적이기 시작했다. 처음 접해 보는 전통주들과 전통주 칵테일이 큰 관심을 받았다. 그 중에서 가장 인기가 많은 메뉴는 붉은 곰팡이를 사용하여 빚은 붉은 색의 막걸리를 잔 아래에 깔고 위에는 토닉워터를 가득 채워 마치 노을과 같은 색감의 칵테일, 일명 "성수노을"이었다. 성수동이 지닌 특색이 그대로 드러나는 칵테일에 다양한 고객이 방문해 '신선하다'라는 평을 남겼다. 진열해 판매하던 술 또한 우리 가게의 가장 큰 구경거리였다. 당시에는 새롭게 등장한 양조장들이 앞다투어 신선하고 색다른 신제품을 내던 시기였는데, 나는 누구보다 먼저 신제품을 출시한 양조장에 매일같이 연락해 집요하게 부탁하며 신상 술을 가장 먼저 입고해 선보였다. 형형색색의 라벨을 지닌 신상 막걸리들에 현혹되어 구경만 하던 손님도 한두 병 구매했다. 많은 손님이 찾아오는 가게를 볼 때마다 이제부터는 탄탄대로일 것이라는 상상을 했다.

폐업이 현실로 다가왔다

기대도 잠시 시간이 지날수록 가게의 상황은 악화되었다. 가게에 방문하는 손님이 점차 줄더니 이내 손님이 방문하는 날이 손에 꼽을 정도로 적었을 뿐만 아니라 그렇게 방문한 손님마저도 구경만 하고 빈손으로 돌아가기 일쑤였다. 잠깐의 행운과 다양한 고객의 반응이 그저 '개업발'이라는 현상에 불과하다는 사실을 깨달았던 순간이었다. 이러한 상황 속에서도 한 줄기 희망은 있었다. 몇 시간이나 웨이팅을 해야 겨우 들어갈 수 있다는 핫플식당이 우리 매장의 바로 앞에 분점을 개업할 예정이라는 소식이었다. 핫플식당의 낙수효과로 우리술당당도 다시 핫해질 것이라는 희망을 가지고 식당의 오픈만을 기다렸다. 오랜 기다림 끝에 마침내 창업한 맛집은 예상대로 오픈 전부터 손님들이 줄을 서기 시작했다. 마치 유명 가수의 콘서트를 예매하려 대기하는 팬들처럼 매일 수십 수백명의 손님들이 가게 앞에 인산인해를 이루었다.

　　그 맛집에는 여느 맛집과는 차별화된 영업 방침이 하나 있었는데, 그것은 바로 어떤 일이 있어도 내부를 공개하지 않은 채 '문을 닫고' 영업을 한다는 것이다. 내부 인테리어에 엄청난 공을 들인만큼 쉽게 내부를 공개하지 않는다는 의도였다. 덕분에 길을 찾지 못해 맞은편 맛집이 아닌 우리 가게에 들어오는 수많은 손님에게 "찾으시는 매장은 바로 앞에 위치해 있습니다." 라며 응대해야만 했다. 그렇게 낙수효과를 기대하며 다른 가게 손님을 위해 매일 수백 번 인사만 하고 그대로 떠나보내는 일을 반복하기를 한 달, 처음의 열정은 차갑게 식어버리고 그저 기계처럼 출근해 시간만 보내는 것이 전부가 되어버렸다. 처음에는 손님을 열심히 맞이하며 한 분 한 분 새로운 술을 소개하고 시음 행사도 했다. 그러나 나의 열정에도 점점 떨어지다 못해 최악으로 치닫는 매출에 내 가게가 서서히 가라앉고 있다는 사실을 깨달았다. 그 뒤로는 그저 망연자실한 채 가만히 무기력하게 앉아 패배를 받아들이는 것이 하루 일과의 전부가 되었다. 심지어 술을 구매하러 오신 손님도 맛집을 찾다가 잘못 들어온 손님이겠거니 하고 지레짐작하기도 했다. 매장은 열려 있었지만, 나는 이미 폐업한 사장이나 다를 바 없었다.

실패는 소주보다 쓰다

지금 와서 되돌아보면 우리술당당은 참 이도 저도 아닌 공간이었다. 다양한 전통주를 선보이겠다는 마음으로 입고한 200여 종의 전통주는 손님들에게는 낯선 술에 불과했다. 대형마트만 가도 1,000원이면 구매할 수 있는 막걸리를 왜 이토록 멀고도 찾기 어려운 곳에서, 그것도 10배에 달하는 가격으로 구매해야 하는지, 시중에 파는 흔한 막걸리와 어떤 점이 다르고 특별한지 제대로 설명하지 못했다. 뿐만 아니라 판매량을 생각하지 않고 입고했던 술들의 짧은 유통기한은 발에 돋아난 가시처럼 매일 나를 괴롭게 만들었다. 대부분의 막걸리가 한 달 내지는 길어야 두 달에 불과한 유통기한이었는데 막걸리의 판매수익을 따졌을 때 10병을 팔아도 1병을 폐기하면 영업을 하지 않은 것과 다를 바 없는 수준의 하이리스크 로우리턴이었다.

이때 나는 종종 하루일과를 마치고 잠에 들 때면 수없이 많이 쌓인 유통기한 지난 술을 대체 어찌해야 할지 몰라 패닉에 빠지는 꿈을 꾸곤 했는데 그만큼 짧은 유통기한을 가진 술들이 주는 폐기에 대한 압박감과 심적인 고통이 최고조에 이를 때였다. 실제로 1병을 유통기한이 지나 폐기하는 날이면 그 날 판매한 술, 그리고 판매를 위해 노력한 내 노고가 그저 물거품에 불과했다는 허탈감 또한 나를 짓눌렀다. 이러한 압박을 이기지 못하고 결국 술의 종류를 조금씩 줄일 수밖에 없었다. 볼거리가 늘어나기는커녕 되려 줄어드는 가게가 되었으니 장사가 잘될 수 없었다. 악순환이 시작된 것이다.

매장 오픈을 앞두고 열심히 연구해 탄생시킨 막걸리 칵테일 또한 패착이었다. 막걸리 칵테일은 꽤 신선한 메뉴였으나 그뿐이었다. 아무리 신기하더라도 술을 테이크아웃 커피처럼 매일 즐기기는 어려웠고 전문 칵테일 바의 칵테일에 비하면 완성도는 당연히 떨어졌다. 그렇게 판매하지 못한 칵테일용 술과 부재료는 고스란히 비용이 되어 돌아왔다. 이윤은 없이 그저 지출만 계속되는 현실을 부정하고 외면하던 끝에 결국 통장 잔고가 바닥나는 지경에 이르렀을 때 비로소 실패를 받아들일 수밖에 없었다. 우리술당당이 처음 문을 열고 3개월이 지난 시점이었다.

쓸쓸한 마음으로 가게를 정리하는 중에 내가 들인 투자금의 버금가는 금액을 제시하며 매장을 인수하겠다는 사람이 나타났다. 당시 매장 옆에는 어느 대기업이 사옥을 짓고 있었는데, 완공을 앞두고 사옥의 쇼룸이 필요하던 때에 마침 내가 매장을 내놓았던 것이다. 자금의 손실을 막을 수 있어 기분이 좋았지만, 한 편으로는 나의 실패가 운명처럼 정해진 것 같아 마냥 좋지만은 않았다.

　　3개월의 고군분투 끝에 나의 첫 창업은 실패로 돌아갔다. 가게를 정리하던 당시에는 그저 뼈아픈 실패라고만 생각했지만, 지금 생각하면 가장 중요하고도 소중한 교훈을 가슴 깊이 새기는 계기가 되었다. 첫 매장을 통해 내가 얻은 교훈은 '선택과 집중'이다. 내가 가장 잘할 수 있는 것과 최고의 강점을 가진 공간이 만날 때 비로소 손님이 찾아올만한 공간이 될 수 있다. 처음부터 하나의 공간에서 전통주 소매와 칵테일, 그리고 펍까지 함께 운영을 하고자 했던 나의 선택은 반대로 어떤 것도 최고의 강점이 될 수 없었고 이내 별 볼 일 없는 공간으로 만들었다.

첫 매장을 떠나보내며

뼈아픈 실패 속에서도 지금 생각하면 참 많은 일이 있었다. 막걸리 클래스만 따로 운영할 생각으로 계약한 공간에는 윗집의 하수관에 문제가 생겨 비가 오지 않아도 물이 계속 새는 바람에 계약을 파기하고 급하게 하나의 매장에서 보틀샵과 클래스를 같이 하기로 운영 방침을 바꾸는 일이 있는가 하면 영업 시간이 끝나고 남아서 술의 가격표를 제작하고 새로운 칵테일 세리피를 개발하는 등 잔업을 할 때면 너무 열중한 나머지 시간을 새까맣게 잊는 일이 자주 있었다. 그렇게 막차가 끊겨 아무도 없는 매장에서 무릎 담요를 이불 삼아 혼자 밤을 보냈다. 폭우가 쏟아지던 날에는 연신 쏟아붓는 비로 매장에 물난리가 나서 황급히 물을 퍼 날랐던 적도 있었다. 그렇게 울며 웃으며 추억으로 가득

했던 소중한 첫 가게를 다른 사람에게 인도하기로 결정한 날. 아무것도 모른 채 페인트칠을 하고 가구를 나르고 술들을 들이고 했던 순간들이 아련하게 떠올랐다. 매장 인계를 위해 인사를 나누고 도장을 찍으며 나는 마음속으로 굳게 다짐했다. 다시는 내 가게를 허무하게 떠나보내지 않겠다고.

2부

서울숲
지하1층
막걸리 가게

1.
벚꽃과 함께
다시 시작했습니다

정든 가게를 떠나보냈다는 허탈함 보다도 더 크게 나를 옥죄었던 것은 바로 '내가 실패했다는' 사실이었다. 첫 매장을 오픈할 때 나는 말 그대로 최선을 다했다. 당시 매장은 휴무일이 없었기에 휴식의 중요성을 몰랐던 어리숙한 대표는 하루도 빠짐없이 출근해 하루 13시간 가까이 일했다. 가게를 운영하기 위해 필요한 모든 일을 도맡아 하며 내가 가진 능력과 노력을 모두 쏟아부었다. 그러나 아이러니하게도 최선을 다했다는 사실이 폐업을 더욱 쓰라리게 만들었다. 모든 것을 쏟은 결과가 불과 3개월만에 사라졌다는 것이 "내가 가진 사업가로서의 가능성이 겨우 여기까지인가?"라고 말하는 것 같았다. 그렇기에 나에게 있어 폐업이란 단지 가게를 닫는 것의 의미를 넘어 숨겨야 하는 커다란 흉터 하나가 이마에 새겨진 것만 같았다. 그 누구에게 숨길 수도, 변명할 수도 없는 그 흉터가 나를 곧바로 일어날 수 없게 만들었다. 그렇게 한 달, 두 달이 지나갔다. 정신을 차렸을 때에는 어느새 계절이 바뀌었고 쌀쌀했던 날씨는 어느새 따사로운 햇살이 비추는 봄이 되었다.

이제 다시 시작할 때

포근한 봄볕과 함께 나는 다시 인테리어 업체를 알아보고 가구를 알아보며 두번째 창업을 준비했다. 매장 위치는 내게 뼈아픈 상처를 남겼던 그곳 성수동의 바로 옆 서울숲으로 정했다. 이유는 간단했다. 실패를 정면으로 마주하기로 결심했기 때문이다. 삶을 살다 보면 스스로 삶의 기준을 세우게 된다. 생각했던 것들이 오랜 노력을 거쳐 작은 성취로 돌아오고 이내 그 경험이 자신을 단단하게 지지하는 견고한 신념이 되어 삶을 지탱한다. 나의 삶을 지탱하는 나만의 견고한 신념은 '실패는 정면으로 마주할 때 가장 덜 아프다'는 것이다. 대학 입시를 실패하고 좌절했던 내가 재수를 통해 원했던 학교에 입학하고 나서야 비로소 입시 실패의 상처로부터 벗어날 수 있었던 것처럼. 그리고 실패의 상처를 남겼던 성수동의 바로 옆 서울숲에서 반드시 성공하고 말겠다는 목표를 마음속에 단단하게 새겼다. 시간이 흐르고 마침내 서울숲에 흐트러지게 피어난 아름다운 벚꽃과 함께 우리술당당은 다시 문을 열었다.

벚꽃이 나의 마음을 움직였다

서울숲에서 다시 시작한 우리술당당의 공간은 사실 보틀샵을 운영하면서 주류도매까지 사업을 확장할 생각으로 미리 확보한 공간이었다. 이전에는 오랫동안 육가공업체의 냉동창고로, 이후에는 맥주공방의 연구소로 사용되며 운명의 장난처럼 전통주를 빚는 내가 그 바톤을 이어받아 술을 보관하는 물류창고로 사용한 것이다 계약할 당시의 계절은 추운 겨울이었다. 창고 자리를 찾으려고 위해 다양한 장소를 물색하던 중 성수동 가게로부터 멀지 않은 거리에 위치한 이곳이 그저 한적하고 조용해 창고로 쓰기에는 제격이라고 생각했다. 그러나 몇달 뒤 벚꽃이 필 때 창고정리를 위해 가서 본 창고의 분위기는 많이 달라져 있었다. 텅 빈 골목은 온 데간데없이 양쪽 길을 가득 채운 벚꽃이 눈처럼 내리며 지나가는 사람들을 반기고 있었다. 아름다운 벚꽃에 넋을 잃으면서도 나는 이곳이 단순히 창고가 아닌 매장으로 운영할 수 있겠다는 생각이 들었다. '아뜰리에길'라는 이름도 마음에 들었다. 그리고 운명처럼 서울숲 창고 그 자리에 다시 한번 나만의 공간을 열었다.

빚고 마시고 가르칩니다

기존의 보틀샵만으로는 전통주가 지닌 매력을 전하고 싶은 우리술당당의 브랜딩을 온전히 담아내기 어렵다는 사실을 이전의 폐업을 통해 배웠다. 또한 손님과 사장 사이의 유대감을 만들기 위해서는 함께 즐길 수 있는 콘텐츠를 만들어야 한다는 생각이 들었다. 그래서 매달 직접 맛보고 선정한 술 6종을 손님들과 함께 맛볼 수 있도록 정기시음회를 기획해 매달 진행했다. 처음에는 그저 단골손님들과 소박하게 모여 좋아하는 술을 마시는 것이 전부였던 시음회가 점차 참여하는 손님들이 늘어나기 시작하더니 나중에는 지역에 있는 양조장을 직접 초청해 시음회를 진행하는 수준이 되었다. 양조장 대표님과 함께 술을 맛보고 알아가는 시음회라는 장점이 어느새 입소문을 타기 시작하여 현재 우리술당당의 정기시음회는 매년 12곳의 양조장과 협업하여 진행하는 시음행사로 성장했다. 손님과 더 깊은 유대감을 만들고자 했던 시도가 좋은 결과를 불러준 것이다.

시음행사의 규모가 커질 수록 단순히 맛만 보는 것에서 그치지 않고 더 나아가 직접 나만의 술을 빚는다면 한국술에 대한 관심이 더욱 깊어질 것이라는 생각이 들었다. 그래서 술을 직접 배우고 빚어볼 수 있는 체험공간을 매장한 쪽에 만들었다. 그 공간에서 손님들에게 술을 빚는 과정을 체험할 수 있도록 했다. 이 체험공간은 우리술당당이 단지 술을 파는 곳만이 아닌 술과 함께하는 다양한 경험을 전할 수 있는 다채로운 공간이 되었으면 하는 나의 바람이 담겨있다. 셀렉트샵의 운영방식 또한 과감하게 바꾸었는데 단지 다른 가게보다 더 많은 술을 들이는 것이 정답이라고만 생각했던 예전의 실수를 답습하지 않고자 제품의 종류를 대폭 줄이고 정말 자신 있게 추천할 수 있는 술로만 진열대를 조금씩 채워 나갔다.

술을 받을 수 있을까요?

대기업 주류회사도 함부로 손대지 않는 주종이 바로 전통주인데 구매와 판매 과정에서 영업을 해야 하기 때문이다. 시장규모가 워낙 작은 전통주의 특성상 양조장의 생산량 또한 다른 주종에 비해 굉장히 적은 편인데 적은 양의 술을 선점하기 위해서는 다른 소매점과 유통사보다도 더 열심히 전통주를 향한 진심을 내보여야만 술을 얻을 수 있었다. 마음에 드는 술이 있다면 양조장에 몇 번이고 전화를 하고 심지어는 멀리 양조장까지 직접 찾아가서 대표님을 설득해 가게에 데려왔다. 그렇게 진심을 다해 겨우겨우 입고한 술들을 매장을 찾은 손님에게 술의 특징과 개성을 설명하고 시음도 진행하는 밀착서비스를 제공했다. 손님에게 깊이 있는 경험을 제공하고자 시도한 것이 우리술당당이 다른 술 소매점과는 다른 매력을 가진 색다른 공간으로 거듭날 수 있는 데 큰 역할을 했다. 진중한 큐레이션은 어느새 우리 매장의 개성이 되었고 매달 50병 가까이 새로운 술을 오픈하며 공들였던 무료 시음 서비스는 전통주라는 미지의 세계를 처음 접하는 손님들의 진입장벽을 낮추는 데 큰 도움을 주었다.

그렇게 조금씩 우리술당당은 입소문을 타고 점점 한국의 술을 좋아하는 손님들의 마음속에 천천히 자리 잡기 시작했다. 처음에는 그저 조용하기만 했던 공간이 손님과의 추억이 쌓이기 시작하더니 추억이 곧 브랜드가 되어 우리술당당을 대표적인 전통주 셀렉트샵 중 한곳으로 성장시키는 힘이 되었다. 벚꽃과 함께 시작한 나의 두 번째 가게에서 나는 진심을 다해 손님에게 다가가는 진정성의 중요함을 깨달으며 나를 가슴 아프게 했던 '창업 실패'의 아픔으로부터 벗어났다.

2.
낮술을
환영합니다

막걸리 한 잔 정도는 괜찮잖아?

과한 음주를 늘 경계의 대상으로 삼은 지혜로운 우리의 조상님들은 해가 떠있는 낮에 술을 마시는 일을 줄곧 경계했다. 술을 처음 접하는 대학생시절 아무 생각 없이 나른한 오후 맥주 한 캔을 마시다 부모님께 잔소리를 들은 경험이 있을 것이다. 그러나 우리나라의 역사에서 고려시대, 조선시대, 더 나아가 근대화 시대와 현대까지 낮술로 미움 받지 않았던 단 하나의 주종이 있다. 바로 막걸리다.

언제부턴가 우리는 낮에 마시는 막걸리는 식후에 마시는 커피 한 잔 정도로 생각하고 눈 감아주는 암묵적인 합의를 하게 되었다. 이는 오랫동안 농경사회였던 우리 민족의 특성상 힘 든 농사일 중간에 지친 몸과 마음을 달래주었던 새참과 곁들이는 막걸리 한 잔의 영향이 크다고 생각한다. 힘을 쓰는 데 필요한 당이 들어간 음 료가 흔하지 않았던 옛날에는 쌀로 빚은 곡주인 달콤한 막걸리가 지친 농부가 당을 보충할 수 있는 유일한 방법이었다. 이것이 현대 사회까지 이어져 비록 낮일지라도 막걸리 한 잔 정도는 일의 고됨을 풀어주는 기분 좋은 일탈로 여겨지 게 되었을 것이라고 생각한다.

오픈 시간이 너무 늦어요
우리술당당과 다른 전통주 소매점과의 차

이점은 이른 오픈 시간이다. 우리술당당을 처음 개업할 때는 오후 2시에 문을 열었다. 아침 일찍부터 막걸리를 마시는 사람은 없을 것이라고 생각했기 때문이 다. 하지만 나의 생각은 가볍게 빗나갔고 이내 오픈 시간을 앞으로 당기게 한 일이 생겼다. 낮술을 즐기는 개방적인 신세대인 그들, '프로 낮술러'의 등장이었다. 평소와 같이 오후 2시에 활기차게 매장을 오픈한 어느 날, 문을 열자마자 오픈런을 한 손님이 있었다. 다른 회사로 이직을 하는 회사 동료를 위해 간단하게 술 마실 곳을 찾고 있었는데 마침 눈여겨보고 있던 우리 매장을 찾아온 것이다. 무더운 여름날 시원 청량한 탄산 막걸리로 첫 낮술의 포문을 열었던 그 손님은 이어서 같은 회사의 동료 분까지 합류해 함께 낮술을 즐기셨다. 그렇게 모인 손님 세 분의 낮술은 단 두 시간 만에 막걸리 5병이 사라지고 나서야 끝이 났다. 그날을 시작으로 우리술당당은 오픈시간을 두시간 앞

당겨 이른 점심으로 조정했고 처음 우리 매장에 낮술문화를 전파하신 손님은 지금도 종종 점심시간에 신상 막걸리 한 병을 기분 좋게 즐기곤 하신다.

우리술당당 근처에는 많은 직장인이 있고 이들은 식사를 마치고 우리 매장에 잠시 들러 막걸리 한 잔으로 일탈을 즐기는 손님이 된다. 이제 우리술당당은 성수동에 근무하는 다양한 직장인이 점심시간을 틈타 막걸리 한 잔으로 노동의 피로를 해소하는 새참터가 되었다.

3.
와인샵과 전통주샵의
온도가 다른이유

　우리나라에서 와인이나 위스키를 다루는 보틀샵은 흔히 찾아볼 수 있지만, 전통주를 전문적으로 판매하는 곳은 많지 않다. 다양한 이유가 있겠지만, 전통주의 짧은 유통기한과 보관 난이도가 주된 이유라고 생각한다. 주로 한 달 내지는 두 달이라는 짧은 유통기한과 유통하는 내내 냉장보관을 요하는 전통주의 특성상 다른 주종보다도 훨씬 더 세심하게 신경 써야 할

부분들이 많다. 특히 이 중에서도 전통주 보틀 샵을 가장 많이 괴롭히는 것은 바로 생막걸리의 충격적인 유통기한이다. 처음 막걸리 입고를 위해 맛을 보고 제품을 고를 때까지만 해도 막걸리의 유통기한은 그리 중요하게 생각하지 않았다. 그저 맛있는 술이라면 유통기한이 열흘일지라도 입고하겠다는 생각이었고 치기어린 결정은 결국 줄줄이 폐기되는 막걸리를 만들고 말았다. 처음 한 달은 '폐기해야 하는 술은 내가 마시면 되지.'라는 생각으로 마셔 없앴던 나는 어느새 냉장고 한 대를 가득 채운 폐기를 마주하자 이대로 가면 급성 알코올중독에 걸린 나를 볼 수밖에 없겠다는 위기감이 들었다. 그제서야 비로소 유통기한에 대해 진지하게 고민하기 시작했다.

제한 시간을 준수하세요

보통 12병 단위로 포장되어 매장에 납품되

는, 유통기한 30일의 막걸리를 기준으로 계산했을 때 이 술을 폐기가 나오지 않도록 하려면 대략 이틀에 한 병꼴로 판매가 되어야 한다는 것을 결론을 얻었다. 이후에는 매장 운영이 마치 시간제한이 있는 달리기처럼 느껴지기 시작했다. 월요일 업무를 시작하자마자 주문한 막걸리가 도착하고 그때부터 본격적으로 시작되는 나의 경주, 나에게는 반드시 이 술의 '맛있음'을 설명해야만 하는 임무가 주어진다. 앞서 이야기한 것처럼 마진율이 낮은 보틀샵의 특성상 단 한 병이라도 폐기가 된다면 나머지 모두를 파는 것이 무의미하기에 더욱 절실할 수밖에 없었다. 그 압박감이 꽤나 신경 쓰였는지 어느새 나는 막걸리만 봐도 심장이 두근거리는 불안증세가 생길 정도였다.

매일매일 달리기 경주와 같은 하루 일을 마치고 퇴근을 하던 중 우연히 근처에 새로 개업한 와인 전문 보틀샵을 구경하게 되었다. 유통기한이 없이 포도의 생산연도, 즉 빈티지만 있는 와인의 특성상 그 와인샵은 냉장고 없이 오직 선반만 사용하여 각양각색의 와인을 이쁘게 진열했으며 소믈리에는 손님이 질문할 때 우아하고 여유롭게 다가와 와인에 관한 깊이 있는 시음노트와 함께 어울리는 와인을 추천했다. 이 모든 과정이 막걸리를 전문적으로 판매하고 소개하는 나에게는 너무나도 이질적으로 느껴졌다. 연신 맛있다며 손님에게 시음주를 따라드리고, 매장에 들인 술의 매력을 대학교 조별과제처럼 발표하는 나와는 다르게 와인샵에는 여유와 품격이 있었다. 그 매력에 반해 잠시 나도 이렇게 절제된 서비스를 제공할까 고민했지만, 이내 유통기한의 압박이 나를 옥죄며 양조장보다도 열심히 그 술을 소개하고 홍보하는 내 자신을 발견했다. 그리고 막걸리의 짧은 유통기한이 압박감을 주기도 하지만 일의 데드라인이 되어 자연스럽게 동기부여를 한다는 사실을 깨달았다. 그토록 내가 절실할 수 있었던 것이 막걸리의 유통기한 '덕분'이었던 것이다. 와인샵의 여유와 품격은 우리술당당이 가진 매력과 어울리지 않았다.

전통주 보틀샵의 하루는 마치 쇼트트랙과 같다. 오직 앞을 향해 끊임없이 나아가는 쇼트트랙 선수처럼 유통기한 30일의 막걸리를 냉장고에 모셔오는 그 순간 시작종이 울리며 이 술이 지닌 가치를 수단과 방법을 가리지 않고 끊임없이 세상에 어필해야만 살아남는, 매장의 미래가 걸린 레이스가 시작된다. 전통주 보틀샵의 분위기가 그토록 뜨거운 이유이기도 하다.

4.
음주에도
프로의 세계가 있다

축구를 열심히 챙겨보지는 않지만, 월드컵 기간이 되면 유독 분위기에 휩쓸려 가족들과 다 함께 축구경기를 보곤 한다. 수많은 경기로 인한 육체적, 정신적인 피로와 격렬한 공방 끝에 얻은 부상을 아무렇지 않게 딛고 일어나는 국가 대표 선수들의 투혼과 마지막까지 온몸을 다해 승리만을 향해 나아가는 모습을 볼 때면 괜시리 가슴이 뜨거워지곤 한다. 우리 전통주에도 소소

하지만 분명한 프로의 세계가 있다. 바로 '프로 애주가'다.

막걸리를 숙성하는 이유

처음 그녀를 만난 곳은 어느 전통주 커뮤니티에서의 작은 시음회였다. 평범한 모습으로 안경을 쓰고 가방 속에서 주섬주섬 술들을 꺼내던 그녀의 모습은 영락없이 다른 애주가들의 모습과 결코 다르지 않았다. 그리고 아무렇지 않게 꺼낸 술들을 본 모두가 감탄하고 말았다. 그녀는 술을 시리즈별로 수집해 2년 동안이나 냉장고에 보관하고 있었다. 술은 시간이 지나며 자연스럽게 산소와 접촉해 숙성되며 더욱 깊고 다채로운 풍미를 드러내곤 하는데 그녀는 처음 숙성된 술의 묘미를 경험한 뒤로 구매한 술을 몇 년씩 냉장고에 보관하면서 즐긴다고 이야기했다.

이후에도 서울에서 개최하는 전통주 관련

박람회와 시음회를 갈때마다 그녀의 모습을 자주 볼 수 있었기에 난 당연히 그녀가 서울에 거주하는 사람이라고 생각했다. 알고 보니 그녀는 서울에서 3시간 떨어진 지역에 살았고 단지 전통주가 좋아 주말만 되면 서울로 출퇴근을 했던 것이다. 내 눈에 그녀의 모습은 마치 프로 축구 선수, 아니 프로 애주가처럼 보였다. 살면서 처음으로 만난 프로 애주가인 그녀에게는 술을 구매할 때 본인만의 확고한 철학이 있다고 한다. 그녀의 음주철학은 아래와 같다.

1. 좋아하는 양조장의 술이 있다면 무조건 박스 단위로 주문한다.
2. 맛을 제대로 즐기기 위해 무조건 1년이상 숙성한다.
3. 새롭게 창업한 양조장은 무조건 방문해 술을 구매한다.
4. 내가 마실 술은 무조건 내 돈을 주고 산다.

술을 향한 집념어린 신념과 정성, 그리고 구매한 술을 시음적기가 될 때까지 마시지 않는 인내심까지 그녀는 내가 이제껏 만난 첫 프로 애주가였다. 그녀를 시작으로 수많은 프로 애주가들을 만날 수 있었다.

베일에 쌓인 그녀

대부분의 프로 애주가에게는 마치 아이돌과 같이 그들의 활동과 행보를 진심 어린 동경으로 바라보는 팬들이 존재한다. 우연히 방문한 시음회 또는 행사에서 이러한 프로 애주가들을 만날 때의 설렘은 마치 유명 연예인을 만났을 때의 설렘과 다르지 않다. 그런 팬들을 거느리는 프로 애주가를 만나는 기회가 나에게도 찾아왔다. '또 술을 마십니다'라는 의미의 별명으로 활동하는 그녀를 처음 만난 날은 무더운 여름밤이었다. 유독 한산했던 하루, 가게를 천천히 정리하며 마감을 준비하던 그때 반가운 종소리와 함께 손님 한 분이 우리술당당을 찾아왔다. 능숙하게 술을 구경하던 그녀는 시음을 권하자 "감사하지만 다 마셔본 것들이어서요."라며 정중히 거절했다. 그 순간 어렴풋이 그녀가 분명 프로 애주가 중 한 명일 것이라고 생각했다. 그리고 유독 익숙했던 그녀의 가방을 보자마자 나는 마치 연예인을 만난 것처럼 그녀의 별명을 크게 외쳤다. 단 하루만에 천안에서 전통주 시음회를 마치고 부산으로 이동해 양조장에 들렀다가 다시 서울의 유명 전통주점에서 술을 마시는 그녀의 행보는 수많은 애주가에게 동경의 대상인 동시에 의문의 대상이었다. 그녀를 직접 만나보지 못한 이들 사이에서는 '한 명이 아닌 복수의 인물이다'라는 일란성쌍둥이설부터 여러 날에 거쳐 다녀온 곳들을 하루에 정리해 업로드하는 것이라는 현실적인 추측까지 검증되지 않은 소문들만 무성할 뿐이었다. 알고 보니 그녀는 야간근무라는 근무 특성을 적극 활용해

밤에는 일을 하고 약속장소를 향해 이동하는 시간에 잠을 자며 전국 팔도로 좋아하는 전통주를 즐기러 떠났던 것이었다. 마침내 모든 진실을 들을 수 있었던 나는 그녀의 진심 어린 행보에 감명받았고 '시간이 없어서' '피곤해서'라는 핑계로 종종 전통주 행사에 방문을 주저했던 내 자신이 꽤나 부끄럽게 느껴졌다.

우리술당당의 처음과 끝을 함께하신 분들은 그녀와 같은 전통주에 진심인 프로 애주가들이었다. 그들의 전통주에 대한 진심 어린 애정과 문화를 향한 열정이 우리술당당이 전통주를 알리기 위해 끊임없이 나아가는 힘이 되어주었다. 오늘도 프로 애주가들은 전국을 돌아다니며 전통주를 향한 진심을 마음껏 표현하고 있다.

5.
오직 나만을
위한 술

조선 백자와 하얀 탁주

　백자의 매력에 빠져 전 재산을 조선 백자를 수집하는데 투자한 화가가 있다. 바로 김환기 화백이다. 살아생전 조선의 백자가 지닌 아름다움에 매료된 김환기 화백은 전재산을 모아 조선의 백자를 모았다고 전해진다. 백자의 매력은 마음속 깊은 곳으로부터 애틋함을 이끌어낸다. 하나하나 손으로 빚어내는 백자는 그 특성상 절대 똑같은 모양으로 만들 수 없을 뿐만 아니라 바라보는 방향에 따라 천차만별의 아름다움을 지녔다.

그리고 이러한 조선의 백자와 같은 애틋함이 서려 있는 술이 있다. 바로 누룩으로 빚는 '하얀 탁주'이다. 전통주를 처음 판매할 때만 해도 나는 상품의 관점에서 전통 누룩으로 빚는 탁주에 아쉬움이 있었다. 탁주는 특히 끊임없이 변화하는 술이다. 아침에 마시는 맛과 저녁에 마시는 맛이 같지 않을 뿐만 아니라 빚는 날짜에 따라서도 맛이 달라진다. 전통 누룩으로 빚은 탁주는 자연에서 배양한 균을 이용하기에 같은 환경에서도 매번 다른 맛과 향의 술이 빚어진다. 완벽하게 일치하는 술을 빚는 것은 사실상 불가능하다. 이러한 이유로 맛있게 마신 탁주를 시간이 지나 다시 맛보면 같은 탁주라도 마음에 들지 않는 경우가 많다. 이러한 탁주의 가변성을 줄이기 위해 매장에 들이는 특정 탁주는 특

정 계절에만 주문하고 냉동하여 배송 해달라고
요청한 적도 있다.

탁주가 가진 진정한 매력

한창 탁주에 대해 고민하고 있을 때 휴일
에 찾은 미술관에서 우연히 백자를 만났다. 같
지 않기에 더욱 특별하다는 것, 다신 만날 수 없
기에 더욱 애틋하다는 것. 그것이 백자가 지닌
매력이라는 것을 깨닫자마자 이제껏 똑같은 맛
의 탁주를 들이기 위해 노력했던 시간이 어리석
었다는 것을 깨달았다. 오늘 내가 마시는 탁주
는 마치 백자와 같이 다신 만날 수 없는 맛이기
에 더욱 소중한 것이었다.

그날 이후로 우리술당당은 살균되지 않은
탁주를 가장 자신 있게 선보이는 보틀샵이 되었
다. 끊임없이 변화하고 달라지며 오늘 맛본 술
을 다신 맛볼 수 없다는 애틋함을 남기는 탁주
야말로 다른 나라의 술과는 다른 한국의 정서를

가장 잘 드러내는 술이라고 생각한다. 그렇기에 맛있는 탁주 한잔을 마실 때면 언제나 한 잔 한 잔을 더욱 조심스럽고 소중하게 대하게 된다.

　양조장에서 갓 도착한 탁주 한잔을 열어 둥그스름한 잔에 가득 따라 한 모금 마신다. 산뜻한 풀내음과 과일향을 천천히 음미하며 쌀이 주는 부드러운 달콤함을 즐긴다. 반쯤 남은 술은 내일의 나에게 맡기고 내일 맛볼 술맛을 미리 상상하며 은은하게 취해 잠에 든다. 오늘도 나는 다신 만날 수 없는, 오직 나만을 위한 술 한 잔을 즐긴다.

3부

전 세계 술꾼들이
서울숲으로
모이는 이유

1.
서울숲,
막걸리 성지

우리술당당은 전통주를 좋아하는 한국의 애주가들 사이에서 입소문을 타며 마치 막걸리의 성지처럼 자리 잡았다. 한국에서 판매되는 모든 종류의 술들을 취급하는 공간이지만, 팔은 안으로 굽는 법. 내가 좋아하는 술을 위주로 직접 맛보고 고르다 보니 어느새 가게의 절반이 생막걸리를 보관하는 냉장고로 꽉 차게 되었다. 종일 손님이 오기만을 오매불망 기다리던 성수동 시절을 지나 이제는 술을 좋아하는 손님들이 삼삼오오 모여 서로의 취향에 맞는 막걸리를 골라 마시는 모습을 볼 때면 내심 꿈을 이룬 것만 같아 행복하다. 하지만 여기서 안주할 순 없다. 우리 전통주를 한국을 넘어 전 세계의 사랑을 받는 술로 만들겠다는 욕심이 있기 때문이다. 그리고 전 세계 애주가들이 우리술당당에 모여 한국 술에 관심을 갖기를 바라는 마음으로 하루하루 세계를 향한 문을 두드리고 있다.

외국인도 부담 없이 즐기기 좋은 술

한국의 다양한 술들 중에서도 막걸리는 특히나 외국에서 엄청난 인기를 얻은 술이다. 보드카와 유사한 한국의 희석식 소주, 그리고 사케의 인기에 가려져 세계시장에서 힘을 쓰기 어려운 약주와는 달리 막걸리는 쌀앙금을 거르지 않고 그대로 마신다는 독특한 특징이 있다는 점에서 아마 처음 막걸리를 접한 사람들의 마음속에 쉽게 지워지지 않는 술로 자리매김한 것 같다. 무엇보다 객관적으로 쓴맛에 가까운 대다수의 술과는 달리 막걸리는 부담 없는 도수와 달콤한 맛이라는 점이 강점이 있기에 술을 잘 마시지 않는 라이트한 음주가들에게도 편하게 마실 수 있는 술이라는 인식이 있다. 실제로 우리 술당당에서 한국의 막걸리를 처음으로 접한 외국인 손님들은 막걸리를 술이 아닌 음료 정도로 생각하는 경우가 많았다. 가족들과의 저녁식사에서 소주 정도의 도수를 지닌 포도주를 물처럼 마시고 40도가 훌쩍 넘어가는 데킬라를 샷으로 즐겨 마시는 그들에게 6도 내외의 막걸리는 실제로도 술보다는 음료에 가까운 것 같다. 부담 없는 매력을 가진 막걸리는 지금도 외국인들에게 사랑받고 있다.

사실 처음부터 막걸리가 다양한 국가의 손님들에게 사랑받을 것이라는 확신을 가지고 사업을 시작하진 않았다. 서울숲에 두 번째 우리술당당을 열었던 그날 의외로 서울숲 거리에 다양한 국가의 관광객이 많다는 사실을 알게 되었다. 서울숲이 SNS를 통해 숨겨진 벚꽃 관광지로 입소문이 나면서 근처에 자리 잡은 다양한 K-POP 기획사를 구경하고 서울숲에서 벚꽃을 구경하는 것이 관광객들에게 하나의 코스처럼 알려졌다. 이 때까지는 외국인 관광객들이 과연 한국인들에게도 알려지지 않은 전통주에 관심을 가져줄지는 미지수라고 생각했지만, 밑져야 본전이라는 생각으로 그들의 마음을 열어보고자 여행 플랫폼에 외국인 관광객을 대상으로 하는 막걸리 빚기 클래스를 런칭했다. 결과는 상상 이상이었다. 처음에는 한두 명이 올까말까 했던 막걸리 수업이 어느새 몇 달치 예약이 꽉 차는, 인기 있는 수업으로 성장했다. 초반에는 아직 막걸리가 낯설고 어려울 외국인 관광객을 위해 준비한 찹쌀과 누룩, 그리고 물을 사용해서 술을 빚는 것으로 마무리되었던 클래스가 수강생들의 관심과 사랑에 힘입어 직접 선정한 서너 종의 막걸리를 종류별로 시음하고, 밀로 띄우는 전통 누룩을 직접 발로 밟아가며 빚고, 마지막으로 빚은 술을 양손 가득 바리바리 들고가는 클래스로 바뀌었다. 보틀샵 또한 마찬가지였다. 처음엔 의심반 확신반으로 전통주를 구경하던 손님들이 조금씩 늘기 시작하더니 수많은 막걸리를 하나하나 체크하며 섭렵해가는 재미로 매주 방문하는 단골손님들이 생기기 시작했다. 그렇게 우리술당당은 전 세계의 애주가들이 처음으로 전통주를 접하는 공간이 될 수 있었다.

막걸리는 마음의 장벽을 허물고 서로를 친근하고 편하게 만들어주는 힘이 있는 술이라고 생각한다. 처음 만난 다양한 국적의 수강생과 만나 막걸리 한 잔을 함께 기울이고 시간을 보내다 보면 마치 오랜 친구를 만나는 것 같은 익숙함과 친근함이 자연스레 묻어난다. 이렇게 열심히 술을 빚고 나면 시작할 때의 긴장은 온데 간데없이 오직 서로 간의 '정'만 남는다. 우리술 당당이 이렇게 많은 외국인 손님들에게 전통주를 재밌게 전할 수 있는 데에는 막걸리가 지닌 소탈함이라는 매력이 큰 역할을 했을 것이다.

2.
프랑스에서 막걸리를
탐내는 이유

프랑스의 취향은 트렌드가 된다

모엣&샹동부터 크리스찬 디올, 루이비통
까지 프랑스에서 시작하여 이제는 세계인의 사
랑을 받는 브랜드가 된 사례가 많다. 다양한 국
가에 저마다의 명확한 브랜드가 있듯 프랑스는
단지 이 브랜드가 프랑스에서 시작되었다는 사
실 하나만으로 소비자의 이목을 순식간에 사로
잡는 에너지를 지녔다. 고등학생 시절 나는 파

리에 2주 간 머물며 외식업 교육과정을 수료하는 경험을 할 수 있었다. 이때 돌아다녔던 파리를 대표하는 쇼핑거리 샹젤리제부터 전 세계 패션산업을 좌지우지한다는 갤러리 라파예트를 구경하며 파리의 브랜드 가치는 파리 사람들의 시대를 앞서는 세련된 감각으로부터 나온다는 사실을 알 수 있었다. 라파예트에서 젊은 파리 소비자들의 이목을 사로잡는 브랜드는 이듬해 세계적인 브랜드로 성장한다는 것이 이러한 사실을 증명했다. 그렇기에 파리사람들의 관심사가 넷플릭스에서 방영된 '오징어게임'의 히트와 동시에 한류문화에 대한 소비로 넘어왔다는 사실은 어쩌면 한국의 전통주를 전 세계에 알릴 수 있다는 하나의 희망처럼 느껴졌다.

이러한 내 바람과는 달리 한국의 전통주를 향한 세계의 시선은 아직까지는 K-POP과 달리 뜨뜻미지근한 것이 사실이다. 분명 관심을 가진 사람들이 점차 늘고 있다는 것은 사실이지만,

아직 와인이나 사케와 같은 메인스트림 산업으로 자리잡기까지는 나아가야 할 길이 멀게 느껴진다. 하지만 프랑스에서는 사뭇 다른 것 같다

한국인이라면 한국의 문화가 과연 세계적으로는 어떤 평가를 받는지 궁금한 것이 인지상정이다. 나는 늘 가게에 수업을 수강하는 프랑스 수강생들을 만날 때면 최근 파리에서 한국 문화에 대한 소식들을 물어보고는 한다. 최근 파리에서는 한국식 음식과 술을 판매하는 한국식 포차가 큰 인기를 끌고 있는데 이러한 포차들은 한국식임을 증명하기위해 펍 또는 바가 아닌 'Pocha'라고 한국식 표현을 그대로 쓰는 것이 특징이라고 한다. 이처럼 한국의 드라마에 대한 관심사로 시작된 프랑스의 한류붐은 드라마, 음악을 넘어서 어느새 한국 전통주에 대한 관심 그 목전에 와있다는 것을 체감할 수 있었다. 그리고 이러한 프랑스가 막걸리에 높은 관심을 가

지고 있다는 것을 지구를 한 바퀴 돌아 서울에서 어느 프랑스 손님을 만나게 되며 확신했다.

누룩을 찾아 프랑스에서 날아왔습니다

어느 날 북악산에 있는 전통예술문화체험 공간 삼청각에서 전통주 정기 클래스를 진행해달라는 출강 요청을 받았다. 수려하게 펼쳐진 한옥과 그 아래로 보이는 북악산의 절경을 구경할 수 있는 삼청각에서 내가 좋아하는 전통주를 가르칠 수 있다는 사실에 수업을 준비하는 내내 기쁜 마음을 숨기기 어려웠다. 첫 번째 주에는 제철 복분자를 사용하여 빚는 복분자주를, 두 번째 주부터는 조금 더 깊이 있는 한국의 전통주를 알려주고자 고려시대 때부터 전해져 내려오는 떠먹는 막걸리, 이화주 수업을 기획하여 준비했다. 그리고 두 번째 주 수업에서 특별한 인연을 만났다. 여름휴가를 맞이해 프랑스에서 온 그녀는 파리에서 우연히 막걸리를 접한 뒤로 직접 나만의 막걸리를 빚어 보고 싶다는 생각에 나의 막걸리 수업을 찾아 등록했다. 그날 모인 수강생들과 다 함께 땀 흘리며 술을 빚고 수업을 마칠 때쯤 그녀는 오랫동안 참아온 궁금증들을 내게 물어봤다. 대부분은 수업에 사용한 한국의 전통 발효제인 누룩에 관한 질문이었다.

누룩은 전통주를 빚을 때 사용하는 발효제로 곡물이나 곡물 가루를 반죽해 발효해서 만든다. 이 과정에서 술을 발효하는 데 필요한 미생물과 곰팡이가 생기면서 발효제가 된다. 그러나 자연 환경에서 균을 배양해 만든 누룩을 사용한 발효주는 현대에 들어서 점차 사라지는 추세이다. 술을 빚는 공정이 발전하면서 균일한 품질의 술을 빚어야 할 필요가 생겼고 균일한 품질로 술을 생산하기 어려운 자연 발효 누룩의 사용은 점차 사용하지 않게 되었다. 이러한 사실을 프랑스에서 태어나 와인에 박식한 그녀 또한 모를 리가 없었다. 누룩은 대량생산에 적합하지 않다는 나의 답변에도 개의치 않고 그녀는 누룩을 사용해 술을 빚는 양조장이 어디인지, 그리고 누룩은 어떻게 만들어지는지를 쉬지 않고 되묻기 시작했다. 한참이나 그녀의 궁금증을 해결해주고 나서야 겨우 수업을 마칠 수 있었다. 그러나 그녀는 아직 만족하지 못했는지 내 명함을 가져가면서 꼭 연락하겠다는 말을 남기고 떠났다.

자연 발효 누룩이 가진 매력

줄곧 띄워오던 누룩이 이토록 큰 관심을 받는다는 일이 익숙하지 않았기에 수업이 끝나고도 종종 그녀의 호기심 어린 질문들이 머릿속을 맴돌았다. 그리고 며칠 뒤 문자를 통해 그녀는 미처 물어보지 못했던 누룩에 관한 질문들과 내게 프랑스의 '자연 발효' 트렌드에 대한 이야기를 전해주었다. 최근 네추럴 와인, 네추럴 푸드에 대한 관심이 유럽에 대두되어 농약을 사용하지 않는 식재료와 인공첨가물을 사용하지 않은 음식에 대한 수요가 급증했는데 이러한 트렌드의 여파로 인공적인 효모를 사용하지 않고 자연 상태에서 배양한 효모를 이용한 와인과 발효 식빵이 큰 사랑을 받고 있다는 소식이었다. 자연 상태에서 배양한 균을 사용하는 발효 방식이 다른 술 문화권에서는 다소 접하기 힘들지만, 누룩을 띄워 자연 속의 효모를 배양해 술을 빚어오던 전통주는 지극히 일상적인 방법이었다. 그녀에게 누룩으로 빚은 술이 지닌 균일하지 못하다는 단점은 오히려 한국 술만이 가질 수 있는 장점이었던 것이다. 그녀와의 만남으로 누룩을 사용하는 전통주의 균일하지 못한 맛이 엄청난 단점이라고 생각했던 나의 고정관념을 송두리째 바꿨다.

이후 그녀는 수업시간 동안 직접 공들여 빚은 막걸리가 일주일이 지나 알맞게 잘 익었다는 소식과 함께 주변 친구들에게 선물까지 해주었다는 후일담을 남겼다. 그렇게 프랑스에서 반드시 나만의 막걸리를 빚어 나가겠다는 다짐과 함께 그녀는 한국을 떠났다. 그녀를 시작으로 우리술당당 수업에서 프랑스인의 누룩사랑은 쭉 이어졌다. 누룩 특유의 풋풋한 향기를 "비 온 뒤의 흙냄새와 같다."라며 표현하는 손님부터 누룩이 주는 다채로운 풍미를 "화창한날의 공원 향기."라고 말하는 손님까지 먼 나라 프랑스에서 온 손님들이 보내는 누룩에 대한 찬사가 우리술당당이 줄곧 전통 누룩만을 사용한 수업을 고집하는 데 큰 버팀목이자 힘이 되어주었다. 오늘도 우리술당당에는 누룩의 매력에 푹 빠진 외국인 손님들이 찾아온다. 언젠가 누룩을 사용한 한국의 술이 '자연친화적'이라는 아름다운 수식어와 함께 전 세계인의 사랑을 받는 날이 올 것이라고 확신한다.

3.
몰래 만들어야만 하는 술,
밀주를 알려드려요

전 세계 밀주 생산에 기여하는 수업

처음 막걸리 수업을 기획할 때에는 상상도
하지 못했지만, 우리술당당의 막걸리 수업은 많
은 국가에서 밀주를 생산하는 데 기여하고 있다.

국가의 단속을 피해 집이나 양조장으로 허
가 받지 않은 공간에서 몰래 빚어지는 술을 밀주
라고 한다. 자가 양조에 관한 법령의 개정으로 지
금은 집에서 술빚기가 비교적 자유로운 우리나

라와 달리 몇몇 나라에서는 집에서 술을 빚는 일이 금기시되고 있으며 심지어 불법으로 간주해 강력하게 처벌하는 나라도 있다. 당장 옆 나라 일본에서도 집에서 술을 빚는 것이 불법이고 양조 면허 또한 굉장히 엄격한 심사를 통해 발급하면서 통제하고 있다. 이러한 상황 속에서도 우리술당당에는 개인적인 양조가 불법인 나라의 사람이 술을 배우기 위해 비행기를 타고 온다. 이들이 이토록 술을 배우는 데에 진심이 된 이유는 다름 아닌 막걸리에 대한 '향수병' 때문이다.

막걸리에 집착하는 이유

대부분의 사연은 이렇다. 여행으로 방문한 한국에서 전통시장 등을 구경하며 우연하게 맛본 막걸리의 맛에 반해 막걸리 애주가가 되었던 그들. 그러나 한국 현지에서는 1~2천원 정도로 부담 없이 마실 수 있는 막걸리가 귀국한 뒤 찾은 한인마켓에서는 10배정도 비싼 가격에 한

국과는 달리 살균처리 된 막걸리만을 판매한다는 것을 알게 된 후로 외국인 막걸리 애주가들이 신선한 막걸리의 풍미와 착한 가격을 그리워하며 집에서 직접 만들어 마시겠다는 일념으로 다시 바다를 건너 우리술당당의 막걸리 수업을 찾아온다. 그렇게 배운 막걸리를 집으로 돌아가 직접 만들어 고향에서 즐기는 것이 이들의 '막걸리 단기 유학'의 주된 목표이다.

막걸리 유학생들의 막걸리를 향한 열정은 재미있는 에피소드를 많이 만들었다. 어느 호주 손님은 한국 전통방식의 막걸리를 빚는 데 필수로 사용하는 누룩을 공수하기 위해 수업을 마친 뒤에 서울의 다양한 전통시장을 돌아다니면서 발품을 팔아 겨우 누룩을 구할 수 있었고 이를 조심스럽게 포장해 캐리어에 담아 귀국했다. 오랜 비행을 마치고 공항 검색대를 넘어 짐을 찾아 나가려던 그 순간 의문의 남자들이 나타나 그를 저지했다고 한다. 허가되지 않은 곡물가공

품을 반입했다는 것이 이유였다. 수일간의 노력을 물거품으로 만들 수 없었던 그는 캐리어 속 누룩을 꺼내 보여주며 순간의 임기응변으로 잘 빻아진 누룩을 호주에서 출국하며 샀던 유기농 오트밀이라고 둘러댈 수 있었고 그렇게 서울에서부터 호주까지 공수한 누룩으로 직접 자신의 막걸리를 빚으며 호주에서도 한국의 막걸리를 빚을 수 있었다고 한다. 우리술당당에서 수업을 듣고 다시 귀국해 직접 술을 빚는 막걸리 유학생들의 과정은 마치 일제의 탄압을 피해 독립운동을 행하는 독립운동가 같다. 이들의 술 빚는 경험과 후일담을 들은 나는 이들의 진심에 호응하지 않을 수 없었다.

본격적인 불법 양조인 양성 수업

처음 막걸리 수업을 기획할 때는 수업 전날 미리 준비를 마친 재료로 나만의 막걸리를 빚고, 미리 빚어둔 술을 직접 짜서 마시며 전통주가 주는 여유와 미학을 즐기는 힐링 콘셉트의 일일체험으로 생각했다. 누룩을 만드는 법은 가르쳐주지 않았고 어차피 여행 일정으로 지친 수강생들이 무언가를 깊게 배우고 싶지 않을 것이고 심지어 자국에 돌아가 막걸리를 빚을 것이라고는 상상도 못했기에 간단한 실습 위주의 가벼운 수업을 준비했다.

힘들지 않은 체험을 선호할 것이라는 나의 예상과는 달리 수업에 참여하는 이들은 하나 같이 카메라와 필기구를 가져와서 수업시간 내내 필기와 사진으로 기록했고 미처 알려주지 못한 이론이나 재료는 질문으로 정리해 수업시간이 끝나고 질문공세로 답을 얻어갔다. 이들의 열정이 얼마나 대단했는지 3시에 수업을 마치고 5시까지 수강생들의 양조에 관한 질문에 답하며 이야기를 나눈 적이 있을 정도였다. 이러한 예비 밀주업자들의 진심에 못 이겨 막걸리 빚기만을 알려주던 기존의 수업에서 말 그대로 단 하루만에 술을 빚는 데 필요한 모든 지식과 방법을 알려주는 수업으로 변했다. 술빚기에 필요한 좋은 재료를 고르는 방법부터 전통주 테이스팅과 양조에 필요한 밥을 직접 불리고 찌는 실습에 누룩 띄우기 등과 같은 실습이 하나 둘 추가되었고 어느새 힐링 콘셉트의 막걸리 수업은 집에서 다시 한국의 술을 빚고자 하는 이들이 하루만에 모든 것을 배워 나 혼자 양조를 할 수 있는 집중 요약형 밀주 특강으로 변모하게 되었다.

모든 술빚기 지식을 얻고 양손 가득 직접 빚은 술과 함께 돌아가는 수강생들을 볼 때면 뿌듯하면서도 한 편으로는 혼자서 잘 만들 수 있을까 불안하기도 하다. 하지만 이들과의 인연은 수업 이후에도 끝나고도 다시 수많은 질문과 함께 자신만의 막걸리를 빚었다며 사진을 보내주는 연락으로 이어진다. 직접 만들 막걸리를 넘어서 직접 띄운 누룩으로 술을 빚었다며 연락을 해오는 수강생들을 볼 때면 축하하는 마음과 함께 어쩌면 '내 수업이 불법에 연루된 게 아닌가?'라는 걱정이 나를 가볍게 짓누르곤 한다. 하지만 술꾼 이기는 국세청은 없는 법. 결국 이들의 막걸리를 향한 애정과 사랑에 전 세계의 국세청들도 그만 두손 두발을 들지 않을까라는 긍정적인 생각을 해보곤 한다. 오늘도 나는 전 세계에 밀주를 빚는 막걸리 밀주업자를 배출하고 있다.

4.
어느 날 구글에서
연락이 왔다

쓰레기 줍다가 만난 인연

나에게 구글은 가까우면서도 먼 존재다. 늘 내 출퇴근길을 함께하는 유튜브가 주는 즐거움과 챗지피티가 주는 편리함까지 줄곧 일상 속에서 함께하는 존재지만, 구글이라는 회사는 늘 내 삶과는 거리가 있는, 마냥 멀게만 느껴지는 존재였다. 그래서 구글에서 나에게 연락이 올 것이라고는 상상도 하지 못했다.

서울숲에는 주말이 되면 서울숲에 있는 쓰레기를 줍는 사회활동 '플로깅'을 진행하는 소모임 'SSJ'가 있다. 이들은 주말마다 모여 서울숲을 돌아다니며 사람들이 버린 쓰레기를 주워 정리하는 봉사활동을 한다. 이들의 선행에 반해 함께 플로깅에 동참한 적이 있는데 이때 우연히 플로깅 클럽의 멤버 한 분과 친해지게 되었다.

독보적인 카리스마를 지니고 있었던 그녀는 중간중간 수다를 곁들이며 쓰레기 줍기에 동참하는 다른 멤버들과는 달리 서울숲에 버려진 수많은 쓰레기를 모두 정리하고 말겠다는 진취적인 태도로 봉사활동을 임하는 멤버였다. 그녀가 지나간 자리엔 쓰레기는커녕 티끌 하나도 남지 않는 완벽주의자의 면모 또한 그녀만의 특징이었다. 봉사활동을 마치고 여유롭게 귀가를 준비하던 어느 날 우연히 마주친 그녀와 이야기를 나누며 서로 연락처를 교환하게 되었다. 그리고 며칠 뒤 이메일로 구글의 마케팅부서로부터 연락이 왔다.

내가 아는 그 구글이요?

알고 보니 그녀는 구글 마케팅팀에서 일하고 있었고 곧 다가올 구글 아시아태평양지사의 고위 임원의 방한일정에 어떤 프로그램을 기획해야 할지 고민하고 있었다. 봉사를 마친 그날 나와 이야기를 나누며 한국의 전통주를 직접 맛보고 소개하는 테이스팅 체험을 기획하는 과정에서 내게 연락한 것이다. 그녀의 진심에 감동해 흔쾌히 수락했고 그날부터 구글에 전통주를 알리겠다는 마음으로 그녀와 함께 다양한 전통주를 마시고 평가하며 차근차근 시음주로 사용할 술을 선정했다.

수많은 전통주를 직접 맛보고 고르며 한국의 전통주가 지닌 개성과 매력이 온전히 담긴 술만을 골랐다. 얼마나 많은 술을 맛봤는지 선정이 끝날 때는 은은한 취기가 돌았다. 한국의 전통이 담긴 맑은 연잎주와 강렬한 증류식 소주부터 시음 중간중간 눈을 번쩍 뜨이게 만들어준 오미자 막걸리와 샴페인 막걸리 등 가벼운 막걸리를 더해 한국 전통주 특유의 소탈한 매력을 한 방울 더했다. 강의 당일, 떨리는 마음으로 강남 파이낸스 센터까지 막걸리를 가득 들고 마침내 구글 코리아에서 한국의 전통주를 온전히 맛보는 테이스팅 세션을 진행했다.

구글 임원도 좋아하는 전통주

막걸리와 전통주 두 상자를 들고 사람들의 관심 어린 눈빛을 받으며 강의실로 올라갔다. 열심히 준비한 막걸리와 전통과자, 그리고 부각을 세팅하고 사무실을 가득 채운 막걸리 향기에 다른 직원분들이 관심을 가지기 시작했다. 창의성과 개성을 중시하는 구글에 걸맞은 창의적인 전통주를 선보이고 싶어 전통주에 관한 간단한 소개와 함께 처음 선보인 술은 바로 샴페인을 연상시키는, 강렬한 탄산이 매력적인 일명 '샴페인 막걸리'라고도 불리는 복순도가 손 막걸리였다. 해당 제품은 탄산이 너무 많은 나머지 오픈하는 데 오래 걸리는 술로, 미리 탄산을 어느정도 빼고 열어야 했는데 미처 탄산을 빼지 못해 예기치 않은 막걸리 분수쇼를 보여드리는 실수가 있었다. 다행히 귀여운 세레모니 정도로 넘어갔지만, 순간 심장이 내려앉는 줄 알았다.

이어서 선보인 술은 쌀을 증류한 소주에 배와 생강, 계피를 더해 다양한 향신료가 어우러지는 이국적인 리큐르 이강주였다. 이국적인 향신료인 계피와 한국의 풍미가 고스란히 담긴 소주와 배가 만나 빚어지는 이강주가 다양한 문화를 하나로 이어 새로운 가치를 만들어내는 구글의 가치관을 고스란히 드러내는 술이라고 생각해 선정했다. 그윽한 배의 향에 한 번, 은은한 계피에 한 번, 마지막으로 소주가 주는 취기에 한 번, 총 세 번의 감동을 선사하는 이강주가 그날 시음회에 참석한 임직원 모두의 입가에 은은한 미소를 띄워주었다.

한국만의 창의성이 돋보이는 전통주가 지닌 매력에 구글의 임직원분들은 매 시음주마다 찬사를 아끼지 않아 주셨고, 이어서 선보인 다양한 전통주와 바삭한 부각을 함께 즐기며 은은한 취기와 함께 진행한 수업은 수많은 박수갈채와 함께 성공적으로 마무리되었다. 이후 단발성 이벤트로 끝날 것이라고 생각했던 우리술당당의 기업워크샵 과정은 구글과의 콜라보를 시작으로 감사하게도 지금까지 다양한 회사와 국제기구에서까지 앞다투어 강의와 시음회 요청이 들어오고 있다.

5.
전통주가
맺어준 인연

막걸리와 함께 전국일주했습니다

구글에서 무사히 수업을 마치고 어느 강의
플랫폼에서 연락이 왔다. 주부를 대상으로 막걸
리 빚기 수업을 열고 싶은데 강사로 와줄 수 있
냐는 내용이었다. 기쁜 마음에 수락하려고 보니
강의 장소가 울산이었다. 서울에서 내려가기엔
먼 거리였기에 잠깐 망설였지만, 외국에서도 막
걸리를 빚으러 오는 수강생들이 생각나 흔쾌히

내려가기로 했다. 주부들을 대상으로 하는 강의는 처음이었지만, 강의가 끝났을 땐 지치기 보다 오히려 힘을 받았다. 주최측에서도 수강생들의 반응이 좋아 다른 곳에서도 강의를 열고 싶다고 제안했다. 그렇게 울산을 시작으로 인천, 포항, 용인, 김포, 천안, 동탄 등 막걸리와 함께 전국을 누비며 수많은 수강생에게 막걸리를 가르쳤다.

울산에서의 강의를 무사히 마쳤을 때 어떻게 하면 더 많은 사람이 나의 강의를 들을 수 있을까 고민했다. 먼저 네이버 스마트 스토어를 열어 사람들이 쉽게 강의 예약을 할 수 있도록 했다. 그리고 강의 예약 페이지에 어떤 내용으로 강의를 진행하는지 사진과 함께 자세하게 설명했다. 따로 운영하던 블로그 또한 대대적으로 개편했다. 기존에는 손해라고 느껴 공개하지 않았던 나만의 레시피를 공개하고 다른 레시피를 문의하는 사람이 있으면 따로 연구를 더 해서라도 정리해서 레시피를 보냈다. 그랬더니 기존에는 한 명도 신청하지 않을 때가 많았던 강의 예약이 개편 이후에는 강의 시작 2주 전에 마감되었고 외부 강의 문의도 눈에 띄게 늘었다.

지금 돌이켜보면 참 신기한 인연이다. 매장 근처에 플로깅 모임이 있었고, 쓰레기를 줍다가 만난 사람이 구글의 마케팅 팀에서 일했으며, 마침 구글의 임원의 방한 일정이 있었고, 전통주 보틀샵을 운영하며 막걸리 클래스를 운영하는 내게 출강 문의가 왔다. 그리고 그 강의를 시작으로 지금까지 다양한 장소에서 다양한 수강생을 만나며 막걸리를 함께 빚고 마신다. 앞으로 전통주를 통해 만날 새로운 인연이 기대된다.

수업을 통해 저도 배웁니다

기업으로 강의를 나갈 때면 수강생들에게 감사하는 마음으로 회사마다 어울리는 시음주와 체험 콘셉트를 새로 기획해 세상에 없던 수

업을 진행했다. 샛노란 로고가 특징인 ㄱ 은행
에서는 노란빛이 매력적인 단호박 막걸리 수업
을, 퇴근을 미루고 수업에 참여해주신 ㅅ 은행
에서는 꽃길만 걸으라는 의미를 담아 3가지 꽃
을 블랜딩한 꽃막걸리를 빚었다. 그중 가장 기
억에 남는 기관은 바로 녹색성장기구 GGGI의
전 세계 기구에서 강의했을 때인데, 녹색성장을
추구하는 이들의 가치관에 어울리도록 수업에
사용하는 모든 재료를 친환경 농법을 사용한 재
료들과 자연친화적인 용품들로 대체해서 진행
했다. 녹색성장기구에서는 이런 나의 노력을 좋
게 봐주셔서 이후 두 번의 강의를 더 진행했다.
이들과 함께한 세 번의 수업을 통해 우리술당당
에도 녹색변화가 생겼는데 빚은 술을 포장하던
일회용 부직포 가방은 에코백으로 대체되었고
일회용 거름망은 다회용 거름망으로 바뀌었다.
다양한 회사에 맞춰 진행한 다양한 수업이 모
여 완성도와 의미를 더욱 깊이 있게 만들었다.

강의를 진행하면 할수록 '가르치는 과정을 통해 나도 배운다'라는 조상님들의 말이 틀린 말이 아니라는 것을 느낀다.

최애 유튜버에게 연락이 왔습니다

갑작스러운 연락으로 인연을 맺은 것은 워크샵의 수강생들만이 아니었다. 나는 유튜버 '우정잉'님을 정말 좋아한다. 최근 유행하는 다양한 밈(meme)을 소개하는 것이 주 콘텐츠인 그녀의 유튜브 채널은 특유의 재치 있고 자신감 가득한 태도로 시청자들의 사랑을 받는다. 일과를 마치고 퇴근 후에는 그녀의 유튜브를 보며 휴식을 즐기곤 했다. 그러던 어느 날 매장의 정기 휴일로 헬스장에서 운동을 하던 중 모르는 번호로 믿을 수 없는 내용의 문자가 왔다. "우정잉 유튜버의 매니저입니다. 수업 수강 및 촬영을 희망합니다." 솔직히 문자를 보면서 정말 우정잉 님의 매니저가 한 문자라고 단 1%도 믿지 않았다. 그저 내가 좋아하는 유튜버를 알고 있는 친구들의 장난이다 신종 보이스피싱 정도로 여겨 답장도 하지 않았다. 그러나 잊으려 하면 할 수록 '진짜 매니저가 연락한 거 아니야?'라는, 실낱 같은 희망이 끝없이 불어나기 시작해 어느새 머릿속을 가득 채우기 시작했다. '만에 하나라도 정말 우정잉 님이라면 어쩌지' '정말 만날 수 있는 걸까?'라는 희망이 마음속에서 꿈틀거리기 시작했다. 그렇게 속아도 좋다는 마음으로 뒤늦게 문자가 온 번호로 답장을 했고 순식간에 수업을 진행할 날짜도 잡았다. 수많은 고민 끝에 우정잉 님과의 수업에서는 평범한 막걸리가 아닌 내가 가장 자신 있는 막걸리인 '떠먹는 막걸리 이화주'를 가르쳐 드리기로 결정했다. 전날밤부터 수업 당일 새벽까지 밤새 가르쳐드릴 술을 몇 번이고 미리 빚어보고 반죽에 넣은 물의 양을 계량하면서도 힘든 줄 몰랐다.

마침내 모든 준비를 마친 수업 당일. 약속

시간이 가까워질 수록 심장이 두근거리기 시작했다 수업을 앞두고 막걸리를 사기 위해 가게에 방문해주신 손님들과 구경하려고 방문해주신 손님들이 넋이 나간 내 얼굴을 보고 놀라진 않을까 걱정이 될 정도였다. 점점 두근거리는 심장은 우정잉 님의 등장과 함께 정점을 찍었다. 가끔 좋아하는 연예인의 콘서트에 참여해 너무 흥분한 나머지 기절하는 팬들의 마음이 이해가 갔다. 처음 최애 유튜버를 직접 대면한 순간 일관되게 시크한 태도로, 마치 프로처럼 그녀를 대하기로 다짐했던 나의 마음가짐은 사르르 녹아내려 사라져버렸다. 어느새 웃음꽃이 만개한 상태로 수업시간 내내 아무말 대잔치에 가까운 수업을 진행하고 말았다. 막걸리 시음과 함께 진행한 수업에서는 유행하는 패션후르츠 막걸리와 다소 고된 술빚기에 힘이 되어줄 수 있는 프로틴 막걸리, 그리고 상큼한 체리 막걸리를 시음했다. 이어서 진행한 이화주 빚기에서는 쌀가루로 만든 도넛모양의 떡인 구멍떡을 빚어 잘 삶은 뒤 준비한 누룩과 버무려 이화주 빚는 법을 가르쳐 드렸다.

고려 시대부터 빚은 이화주는 물의 양을 적게 잡아 빚는 술이다. 이 적은 양을 더 줄여서 물을 최대한 적게 넣어 더 꾸덕하고 달콤하게 술을 빚는 것이 이날 준비한 나만의 비법이었다. 그러나 아이러니하게도 그 비법 탓에 수업이 진행되면 될 수록 우정잉 님은 점점 녹초가 되어가기 시작했다. 고된 술빚기를 시원한 술 한잔으로 털어가며 어느새 이화주가 완성될 때쯤에는 준비한 시음주를 너무 많이 마신 나머지 얼큰하게 취하신 우정잉 님이 계셨다. 그렇게 장장 한 시간 반의 수업을 마친 뒤 우정잉 님은 수업 중간에 맛봤던 막걸리들을 극찬하면서 통크게 구매해 직접 빚은 이화주와 함께 가게를 떠나셨다. 그렇게 전통주 덕분에 최애 유튜버를 영접할 수 있었던 그날, 나는 전통주 빚는 일에 뼈를 묻기로 팬심을 담아 다짐했다.

네? 인터뷰요?

구글부터 최애 유튜버까지 전통주를 통해 참 신기한 경험을 많이 했기에 어떤 곳에서 전화가 와도 덤덤하게 받을 자신이 있었다. SBS에서 연락이 오기 전까지는. 평소와 같이 매장을 운영하며 강의 준비가 한창일 때 모르는 번호로 전화가 왔다. 강의 문의일까 하며 전화를 받았는데 뜻밖의 말이 들렸다. "SBS 뉴스토리입니다. 저희와 인터뷰를 진행할 수 있을까요?" SBS에서 아침에 방영하는 프로그램에서 '요즘 MZ 세대에서 유행하는 전통주'라는 주제로 인터뷰 요청이 들어온 것이다. 유튜브도 아닌 TV에 나의 모습이 나간다고 생각하니 강의 보다 더 긴장되었다. 인터뷰 제안을 수락하고 날짜를 잡고 취재진이 찾아와 매장에서 인터뷰를 진행했다. 요즘 인기 있는 막걸리 몇 종을 소개하고 매장에 주로 방문하는 고객들이 젊은 사람들이라고 이야기했다. 인터뷰를 마치고 방송이 나가는 날 집에서 TV를 켜고 곧 나올 나의 모습을 기다렸다. 그리고 TV에 나온 나의 모습을 사진으로 남겼다.

'김치승 – 전통주 전문매장 대표'라고 소개되는 자막을 보니 얼떨떨했다. TV에 내 얼굴과 매장이 소개되다니. 어렸을 때 종종 부르던 동요의 가사가 실제로 일어난 것이다. 방송이 나간 이후 TV에 나온 모습 잘 봤다며 주변 사람들에게 연락이 왔다. 특히 할머니께서는 "TV를 보는데 갑자기 네가 나와 깜짝 놀랐다."라고 하시면서 손자의 TV 데뷔를 좋아해 주셨다. 비록 짧은 시간이었지만, 내가 창업한 공간에서 내가 고른 전통주를 소개하는 것이 즐겁고 감사했다. 앞으로도 우리술당당은 더 많은 사람에게 전통주를 알리는 소통 공간이 될 것이다.

6.
K-POP 다음은
막걸리

김밥과 막걸리의 평행이론

미국에서 김밥이 굉장히 트렌디한 음식으로 자리잡았다는 소식을 봤다. 냉동된 김밥이 수출되어 어느새 미국 소비자들의 국민간식처럼 자리 잡게 되었다는 이야기를 들을 때면 내심 한국의 식문화가 꽤나 다양한 국가에서 사랑받을 가능성이 있다는 것을 느낀다. 또한 전세계적인 음악 시상식 그래미 어워즈에서 우리나라 그룹이 상을 받고, 우리나라가 만든 드라마는 넷플릭스의 전 세계 시청률1위를 기록하는 것을 보면 한국의 다양한 문화가 지금 이 순간에도 열심히 전 세계를 향해 나아가고 있음을 깨닫게 된다. 김밥과 K-POP이 불과 10년 전까지만 해도 이토록 뜨거운 세계인의 사랑을 받을 것이라고 누구도 상상하지 못했던 것처럼 내가 사랑하는 전통주 문화가 어쩌면 이들의 뒤를 이어 세계인의 사랑을 받는 문화로 성장할 것만 같다는 생각이 내 마음 한 쪽에 자리잡기 시작했다. 그리고 그 가능성이 다양한 외국인 손님들의 막걸리를 향한 애정을 통해 확신으로 바뀌게 되었고 그렇게 내 꿈은 일본의 사케나 프랑스의 와인처럼 막걸리를 전 세계의 사랑을 받는 술로 만드는 일에 기여하고 싶다는 목표가 되었다. 그리고 그 목표가 목전에 와 있다는 것을 실감하고 있다.

이러한 내 확신에는 역사적인 이야기가 뒷

받침한다. 세계에는 한국의 막걸리와 마찬가지로 국가를 대표하는 전통주가 있다. 그리고 이러한 술들과 더불어 전 세계인의 사랑을 받으며 모든 문화권에서 두루 사랑받는 세계적인 술도 있다. 이러한 세계적인 술은 한 국가 또는 지역에 국한된 전통주였으나 그 국가의 영향력이나 문화가 확산하면서 세계인의 사랑을 받는 술로 자리매김한 것이다. 그렇기에 한국의 문화가 전 세계로부터 사랑과 관심을 받는 지금, 한국의 전통주가 세계적인 술로 자리잡는 목표에 가장 가까이 다가간 순간이라고 생각한다.

전통주가 아직 풀지 못한 숙제

물론 전통주의 세계화를 위해서는 아직 가야 할 길이 남아있다. 해외에서도 유통이 용이하도록 술을 살균하거나 장기간 보관하는 기술이 발전해야 한다. 유통기한이 한 달에 불과해 반드시 냉장하여 유통해야 하는 대부분의 생막걸리의 특성상 현재로서는 유의미한 수출이 불가능한 것이 현실이다. 세계인의 이목을 사로잡을 한국만의 독창적인 술 패키징과 브랜딩 또한 중요하다. 증류소에서 있었던 수많은 일화를 이목을 끌어당기는 이야기와 곁들여 색다른 술로 만드는 스카치 위스키처럼 우리나라 또한 술에 얽힌 재밌는 이야기와 이를 뒷받침하는 제품의 디자인이 어우러져야 한다. 우리나라 대부분의 전통주들이 무려 몇백 년 전 기록된 고서 속 전통제법의 명맥을 잇는다는 점을 생각해보면 경쟁력은 충분히 있다고 확신한다. 무엇보다도 한국을 넘어 전 세계 사람들의 입맛을 사로잡을 술을 개발하는 것 또한 한국의 전통주가 세계화되기 위해 거쳐야 하는 관문이다. 현실적인 부분을 생각할 때 전통주의 세계화는 마치 먼 미래의 이야기처럼 들리겠지만. 지금 이 순간에도 최선을 다해 술을 빚는 전국의 양조장들의 열정과 전통주를 좋아하는 애주가들의 관심이 더해진다면 머지않아 전 세계에 전통주가 지닌 매력을 전할 수 있을 것이다. 그리고 그런 역사적인 순간을 위해 오늘도 나는 열심히 술 마시며 일한다.

4부

전통주
보틀샵 대표가
알려주는 전통주

1.
전통주에 대한
오해와 진실

전통주를 너무 좋아하는 나머지 직접 가게
를 창업한 내게 전통주가 가진 수많은 오해는
마음을 아프게 만든다. 그저 쿨하게 넘길 수도
있는 작은 오해들이지만, 손님이나 수강생들과
이야기를 나누다 보면 어느새 전통주 대변인이
되어 전통주에 대한 오해들을 하나하나 해명하
곤 한다. 사실 오랫동안 얼굴을 보지 못하다가
우연히 만난 고향 친구처럼 수십년간 빛을 보지

못하고 묻혔던 전통주와의 만남에 낯선 감정이 생기는 것은 당연할 것이다. 그래서 사람들은 주로 다음과 같은 질문들을 던진다. 그리고 나는 이렇게 해명한다.

오해1 약주는 약재가 들어간 술인가요? 그리고 청주는 일본 술 아닌가요?

우연히 찾은 전통주 코너에서 '약주'라는 명칭을 보면 마치 술에서 한약 냄새가 날 것만 같은 불길한 뉘앙스를 풍깁니다. 그래서 사람들에게 외면을 받기도 하죠. 하지만 우리나라 주세법을 살펴보면 약주는 '누룩을 1%이상 사용하여 발효한 맑게 거른 술'이라고 정의합니다. 한국의 전통방식으로 빚은 맑은 술을 약주라고 부른다는 뜻이죠. 언젠가는 약주가 약(藥)이 된다면 정말 좋겠네요.

그렇다면 맑은 술을 지칭하는 다른 용어인 '청주'는 무엇일까요? 역시 우리나라 주세법을 보면 '전통 발효제 누룩을 1% 미만으로 사용하여 쌀, 입국, 물을 원료로 빚은 맑게 거른 술'이라고 말합니다. 이는 일본의 '사케'를 뜻하죠. 정리하면 우리나라 방식으로 만든 맑은 술을 약주, 일본 방식으로 만든 맑은 술은 청주라고 생각하면 됩니다. 저는 이 사실을 알고 나서부터 왠지 약주에 더 정이 가는데요. 여러분도 돌아오는 명절 차례상에는 청주 대신 약주를 올리는 것은 어떨까요?

오해2 전통주는 올드하지 않나요?

흔히 '전통주'라고 하면 왠지 올드한 감성과 도자기에 담긴 술의 이미지가 떠오릅니다. 그래서 사람들은 시선을 사로잡는 다양하고 세련된 모양의 병에 담긴 와인이나 위스키에 더 관심이 많죠. 하지만 최근에는 전통주를 사랑하는 수많은 애주가의 관심과 사랑으로 전통주는 색다른 모습으로 변했습니다. 세련된 감각이 돋

보이는 양조장들이 새로 생기면서 선물하기에 손색없는 병과 함께 독특하고 개성 있는 맛과 향으로 대중들을 사로잡고 있죠.

오해3 전통주는 왜 비싼가요?

사람들이 전통주를 고르기 어려워하는 이유 중 하나가 바로 '가격'입니다. 마트에서 5천원 이내로 살 수 있는 소주와 막걸리가 '전통주'라는 이름이 붙으면 만 원이 훌쩍 넘어가니까요. 평소 저렴한 가격에 익숙한 사람들은 2~3배의 돈을 주고 굳이 전통주를 구매할 이유는 없어 보입니다. 하지만 어떤 술이든 좋은 술에는 분명 그 값을 지불할 충분한 가치가 있습니다.

흔히 전통주로 분류되는 증류식 소주의 경우 원료를 발효해서 만들기에 강렬하고 직관적인 향을 느낄 수 있는데요. 순수한 알코올에 가까운 주정을 물에 희석해서 과당과 감미료로 맛을 더한 희석식 소주와 달리 고급스럽고 진한 증류주의 풍미를 온전히 음미할 수 있습니다. 때로는 고소한 누룽지 같은 친숙한 풍미로, 때로는 싱그럽고 풋풋한 과일 같은 향으로 감동을 주는 증류식 소주는 그 맛을 경험하고 나면 분명 희석식 소주와는 또 다른 매력을 지닌, 높은 값을 지불할만한 가치를 지닌 술이라는 사실을 알 수 있을 겁니다.

막걸리도 마찬가지입니다. 보통 정부비축미 또는 수입쌀을 사용해서 감미료 등으로 맛을 내는 저가 막걸리와는 달리 고급 탁주는 주로 국산쌀을 사용하며 양조장과 인접한 지역의 쌀을 사용합니다. 10도를 훌쩍 넘어가는 탁주에서는 이제껏 경험해본 적 없는 깊이 있고 진한 풍미와 싱그러운 향기를, 가벼운 도수의 탁주에서는 쌀이 주는 부드러운 풍미와 세련된 가벼움을 즐길 수 있죠.

이렇게 원료의 풍미를 온전히 느낄 수 있는 고급스러운 술을 맛볼 때면 마치 잠들었던 미각과 후각이 잠에서 깨는 듯한 신선한 경험을 느낄 수 있습니다. 소중한 내 자신을 위해 좋은 옷, 좋은 음식을 선물하듯 오늘은 좋은 술을 골라 선물해보는 것은 어떨까요?

오해4 유통기한 넘긴 막걸리는 바로 버리는 게 맞겠죠?

저도 그렇게 생각했습니다. 그래서 술을 정말 잘 아는 애주가들이 일부터 유통기한이 훌쩍 지난 막걸리만을 골라서 마신다는 이야기를 들었을 때는 엄청 생소하고 의아했어요. 숙성의 중요성을 잘 몰랐던 저는 유통기한이 지난 술은 미련 없이 버렸습니다. 하지만 숙성주가 주는 농후한 매력을 한 번 경험하니 생각이 바뀌었습니다.

보통 유통기한이 지난 술을 버리는 이유는 술이 시어져 말 그대로 식초가 되는 현상 때문입니다. 하지만 이러한 현상은 도수가 낮은 술에서 주로 일어나고 10도가 넘는 술은 냉장보관만 잘 한다면 유통기한이 지나면서 오히려 더 맛있게 숙성됩니다. 냉장고 깊숙한 곳에 막걸리를 넣고 까맣게 잊을 때쯤 다시 꺼내 마셔보세요. 진짜 애주가들이 즐기는 술의 세계는 유통기한이 지나고 나서부터라는 것을 깨닫게 될 거예요.

2.
MBTI에 맞는
전통주를 추천합니다

사람들 사이에서 자주 거론되는 MBTI. 전통주 보틀샵 대표로서 각 MBTI에 맞는 전통주 16종을 소개한다.

ISTJ 청렴결백한 논리주의자를 위한 술

티끌 하나 없이 깔끔하게 정돈된 방과 늘 약속시간 10분 전에 도착하는 철저함, 그리고 맞춤법이 틀리는 것을 도무지 그냥 넘길 수 없는 당신을 위한 전통주가 있다. 바로 대한민국 식품명인이 빚는 무형문화재, 민속주 '안동소주'이다.

　직접 띄운 누룩을 사용해 전통방식의 증류를 지금까지도 고수하는 민속주인 안동소주는 마치 원리와 원칙을 중시하며 동시에 전통을 존중하는 INTJ와 꽤 많이 닮았다. 전통방식으로 내린 소주 특유의 구수한 쌀향기와 누룩이 주는 그윽한 풍미, 그리고 그런 술을 담은 백자형태의 둥근 호리병까지. 어느 것 하나도 전통에 어긋나지 않는다는 점은 당신의 취향을 저격할 것이다.

ESTJ 똑 부러진 갓생러를 위한 위로 한 잔

똑 부러지는 삶, 갓생러로 불리는 당신. 그러나 마음 한 켠에는 늘 외로움 한 방울이 있다. 사람들에게 인정을 받으며 모든 에너지를 쏟아내는 열정적인 하루를 보내고, 지친 몸을 이끌고 집에 돌아오는 당신의 고단함을 위로할 술 한 잔이 필요하다. 위스키처럼 강렬하고 기품이 있으면서도 내일의 바쁜 일정에 부담을 주지 않을, 너무 높지 않은 도수의 술. 바로 88양조장의 프리미엄 막걸리 '하드포션'이다.

하드포션은 막걸리계의 CS(Cask Strength) 버전으로 물을 타지 않아 강렬한 도수와 엄청난 양의 김포 쌀이 주는 달콤함이 매력적인 원주형태의 막걸리이다. 두꺼운

도자기 잔에 담아 원주가 주는 매력을 온전히 음미해도 좋지만, 위스키를 마실 때처럼 두툼한 얼음이 가득 담긴 온더락 잔에 하드포션을 적당히 채워 즐기다보면 처음엔 원주가 주는 강렬하고 진한 달콤함이, 얼음이 적절하게 녹은 뒤에는 부드럽고 은은한 맛을 느낄 수 있다.

ISFJ 평화주의자를 위한 술

평화와 안정을 추구하며 지금 이 순간에도 전국각지에서 최선을 다해 평화를 수호하는 당신. 늘 따뜻한 위로와 듣기만해도 힐링이 되는 언행으로 끊임없이 평화를 선사하며 천사 같은 당신도 딱 한 명 따뜻하게 대하지 못하는 대상이 있다. 바로 자기 자신이다.

타인에게는 한없이 따뜻하고 온화하지만, 스스로에게는 늘 엄격하고 높은 기준을 요구하는 당신에게는 스스로를 부드럽게 이해하고 품어줄 따뜻한 위로와 같은 술이 필요하다. ISFJ에게 ISFJ로 다가가는 술, '고흥유자주'다.

신선한 고흥유자와 전라도의 품질 좋은 쌀을 가득 넣어 빚은 고흥유자주는 8도의 부담 없는 약주로, 유자와 쌀이 조화롭게 어우러지는 술이다. 비타민C가 가득 들어간 유자와 쌀이 주는 달콤함이 어느새 몸과 마음을 훈훈함으로 가득 채워주는 매력을 지녔다. 뜨거운 물에 중탕해 마시면 마치 직접 담근 유자청을 가득 넣은 유자차와 같은 맛을 느낄 수 있다.

ENFP 비타민처럼 톡 쏘는 술

세상엔 자신의 만족보다도 타인의 만족을 더 중요하게 여기는 이들이 있다. 타인의 진심 어린 리액션을 보며 만족을 얻는 당신. ENFP가 술을 고를 때 가장 중요하게 생각하는 것은 맛도 향도 아닌 모두의 감탄과 리액션을 이끌어낼 수 있는 '색다른 매력'이다. 그런 기준을 완전

히 만족시키는 술은 반드시 남달라야 하며 동시에 호불호가 없는 술이여야 할 것이다. 울산 복순도가에서 빚는 탄산막걸리, '복순도가 손막걸리'처럼.

소중히 고른 술과 함께 설레는 마음으로 참석한 연말 모임. 막걸리의 뚜껑을 살짝 돌리면 취이익 소리를 내며 금방이라도 터질 듯 탄산이 올라온다. 병의 끝까지 부글거리며 차오르는 탄산을 보며 환

호하는 모두의 반응을 볼 때 당신의 심리적 만족도는 어느새 막걸리처럼 차오른다. 한 명 한 명 직접 따라주며 모임에 있는 모두와 친해지고 싶은 당신의 마음을 알기라도 하는듯 900㎖라는 넉넉한 용량이 당신의 취향을 제대로 저격할 것이다. 막걸리가 어느새 바닥을 보일 때쯤이면 모두 당신과 막걸리의 매력에 푹 빠져 있을 것이다.

ESFJ 당신의 플러팅은 이 술로 완성된다

마음을 녹이는 다정다감함과 마을 이장님과 같은 리더십을 풍기는 당신. 따뜻한 마음씨와 섬세한 성격이 더해져 순식간의 모두의 호감을 사는 당신은 늘 사랑을 받는 동시에 사랑을 나눈다. 주는 사람, 받는 사람 모두가 만족해야 직성이 풀리는 당신에게 댄싱사이더컴퍼니의 '사이더 시리즈'를 추천한다.

충주에서 충주 사과로 빚는 스파클링 와

인인 사이더 시리즈는 오미자와 청포도, 그리고 블루베리까지 모두의 최애 과일을 한번은 만족시킬 다채로운 라인업이 특징이다. 호불호 없는 기분 좋은 달콤함과 과일 맛의 탄탄한 조화, 거기에 양조사의 감각이 가득 더해진 라벨 디자인까지. 술이 약한 사람부터 개성 넘치는 술을 찾는 애주가까지 누구에게 선물해도 실패할 수 없는 술이다.

INFP 새벽감성에 완벽함을 더해줄 술

그 누구보다 조용히, 묵묵히 좋아하는 것들에 애정을 쏟으며 살아가는 당신. 자신만의 독창적인 감성을 굉장히 중요시 여기는 당신에게 술은 곧 자신의 감성을 드러낼 수 있는 하나의 수단이다. 새벽공기를 맡으며 그늘진 방에서 혼자만의 새벽감성을 추구하는 당신과 꼭 닮은 술, 서설을 추천한다.

하얀 눈밭에 소심하게 찍힌 발자국처럼 세심한 감성을 자극하는 새하얀 라벨은 색다르고 신선하게 다가온다. 어떤 부재료도 없이 오직 쌀만으로 빚어낸, 티끌 하나 없는 깨끗하고 맑은 청주는 순수하고 무해한 매력을 가졌다. 고요하고 맑은 새벽,

좋아하는 노래를 들으며 차가운 서설 한 잔을
곁들인다면 당신의 새벽감성이 더욱 완벽해질
것이다.

ISFP 침대와 하나가 되고 싶은 당신을 위한 술

침대와 하나될 때 가장 큰 행복을 느끼는
당신. 쉬는 날에는 늘 방에
서 이불을 뒤집어쓰고 침대
와 물아일체가 되어 일상의
피로를 풀기에 당신에게 음
주는 따뜻한 이불 같은 존
재다. 그런 당신에게 따뜻한
이불처럼 포근하고 부드러
운 술, '포그막'을 추천한다.
안개처럼 부드럽고 몽글한
막걸리를 빚고 싶었던 젊은
양조사가 수년의 연구 끝에
탄생시킨 술, 포그막은 오직

대구의 신선한 쌀만 사용하여 만든 술이다.

쌀이 주는 달큰함과 구름처럼 부드러운 질감이 특징이며, 10도가 선사하는 은은한 온기가 마치 추운 겨울날 나를 반기는 따뜻한 이불과도 같은 느낌을 준다. 포그막의 달콤함과 부드러움이 가진 매력을 음미한다면 당신의 휴일은 더욱 포근할 것이다.

INTJ 대문자 T도 만족할 수밖에 없는 완벽한 술

무시무시한 통찰력과 꼼꼼한 성격으로 모든 것의 본질을 꿰뚫어보는 당신. 술이 지닌 다채로운 이야기들과 역사적인 가치, 이에 얽힌 설화 보다 이 술이 얼마나 맛있는지, 얼마나 합리적인 가격인지 등 객관적인 정보를 바탕으로 자신의 확고한 취향을 만들어 나간다. 그런 당신을 위해 추천하는 술은 스마트브루어리의 소주 '마한 24도'이다.

이름부터 하이테크한 감성이 제대로 드러

나는 이 술은 반도체 회사를 운영하다가 '한국 최고의 소주를 만들겠다'라는 이념으로 창업한 증류소에서 말 그대로 자로 잰 듯한 완벽한 수준의 증류 기술로 술을 만든다. 이것에 합리적인 가격이 더해져 당신의 수준 높은 취향을 가볍게 만족시킬 수 있는 매력적인 증류식 소주이다.

ESFP 인싸들의 왕을 위한 시선집중 술

엄청난 에너지와 활발한 성격, 사랑하지 않을 수 없는 자신만의 세련된 감각으로 어떤 곳에서나 '연예인'의 포지션을 맡는 당신. 당신에게 술이란 단지 마시는 것뿐만이 아닌 자신의 감각을 온전히 드러낼 수 있는 자기 표현 수단의 일부이다. 당신의 취향을 완벽하게 만족시킬 술은 바로 우리나라 최초의 위스키 마스터블랜더가 만든 오미자 증류주, '고운달'이다.

어떤 시음회나 박람회에서도 그 명성과 독특한 매력으로 모두의 시선을 사로잡는 술인 고운달은 어디에서나 사랑받는 당신과 같은 매력을 지녔다. 고급스럽고 감각적인 패키징 또한 당

신의 SNS 피드에 올라와도 손색이 없을 것이다.

ISTP 당신의 호기심을 만족시킬 술

인간 백과사전 그 자체. 왕성한 호기심으로 끊임없이 탐구하는 것을 즐기는 당신. 술을 즐기는 것을 넘어서서 좋아하는 술을 깊이 있게 분석하고 조사하기도 한다. 따라서 술은 신선하고도 색다른 매력을 지녀야만 한다. 그런 당신에게 가장 과학적인 막걸리 양조장인 서울효모방의 탁주, '바탕'을 소개한다.

의사와 생물학자, 공학도가 함께 창업한 서울효모방은 시즌마다 오크 숙성 탁주, 히비스커스 막걸리 등 색다르고 신선한 술을 끊임없이 출시하는 실험적인 양조장이다. 이 양조

장의 도전에 늘 바탕이 되는 술이 바로 바탕이다. 양조장만의 독특한 방식으로 조합한 균들로 술을 발효하여 이제껏 맛본 적 없는 색다르고 신선한 풍미의 탁주이다. 바탕을 맛본다면 당신의 왕성한 호기심을 생생하게 자극할 것이다.

ESTP 모험가를 위한 노동주

언제나 모험가의 마음가짐으로 끊임없이 도전을 멈추지 않는 당신에게 고민은 사치일 뿐이다. 매일을 도전과 실행으로 알차게 채우는 당신에게 필요한 것은 한 잔의 위로도, 축하도 아닌 지금 당장 도전을 이어가는 데 필요한 에너지를 충전해줄 수 있는 달콤하고 가벼운 '노동주'이다. 그리고 여기 당신을 위한 민주술도가의 저도수 탁주, '콘체

르토'가 있다.

　'협주곡'이라는 뜻을 가진 콘체르토는 쌀을 아낌없이 사용하여 낮은 도수로 가볍고 달콤하게 빚어낸 탁주이다. 6도라는 부담 없는 도수와 온몸을 가득 채우는 짜릿한 달콤함이 당신의 도전정신에 큰 응원과 에너지를 불어넣을 것이다.

INTP 너드들을 위한 '너디'한 선택

　그 누구의 간섭도 허용하지 않고 자신만의 확고한 취향과 호기심으로 취향의 성을 쌓는 당신. 자칫 엉뚱하다는 오명을 들을 수도 있지만 애정하는 것들을 향한 당신의 열정과 사랑은 그 누구도 말릴 수 없다. 그런 당신에겐 너드브루의 '너디호프'가 제격이다.

　화학을 전공하는 어느 평범한 공대생에게는 남들과는 다른 취미가 하나 있었으니 바로 막걸리다. 막걸리를 정말 좋아한 나머지 직접 술을 빚고 심지어 새로운 레시피를 만들어

보기까지 했던 그는 졸업 후 나만의 술을 빚겠다는 일념으로 상주에 자리를 잡아 세상에 없는 그만의 술을 탄생시켰다. 그 누구도 상상하지 못했던 '바질'을 재료로 막걸리를 빚어 수많은 애주가의 마음을 사로잡은 너드브루의 막걸리는 그 누구도 따라 할 수 없는 당신의 개성과 잘 어울릴 것이다.

ENTJ 실패 없는 소주를 위하여

'대표님'이라는 말이 절로 나오게 만드는 당신. 뛰어난 통솔력과 이성적인 판단을 바탕으로 모두에게 강렬한 인상을 남긴다. 마치 자로

잰듯 완벽한 당신에게도 단점이 하나 있으니 바로 '팩트 폭격'이다. 엄격한 성격의 팀장님처럼 남녀노소를 막론하고 반박할 수 없는 팩트 폭격을 날리는 당신을 위한 술은 실패가 없어야 한다. 그런 당신에게 안동의 박재서 명인이 만드는 '명인 안동소주'를 추천한다.

상압 방식으로 내리는 보통의 안동소주와는 달리 박재서 명인의 안동소주는 진공상태에서 증류하는 '감압 증류'를 사용해 세련되고 깔끔한 매력의 안동소주이다. 군더더기 하나 없이 맑고 깔끔한 풍미에 검은색으로 세련되게 쓰인 패키지가 어우러져

깐깐한 당신도 만족할 술이 될 것이다.

INFJ 지구의 평화를 위한 한 잔

엄청난 상상력과 뛰어난 공감능력으로 언제 어디서나 훌륭한 중재자의 역할이 되는 당신. 언제나 누군가의 일상에 평화를 더하며 마치 편히 누워 쉴 수 있는 나무 그늘과도 같은 존재다. 그러나 뛰어난 공감 능력이 때로는 잠자리에서 이불킥을 하게 만든다. 그런 당신에게 가슴 아픈 실수까지 따뜻하게 덮어줄 수 있는 포근한 이불 같은 술, '담은'이 필요하다.

담은은 쌀을 찌지 않고 쌀가루 그대로 발효해 만드는 생쌀발효 막걸리이다. 구

름처럼 부드럽게 넘어가는 목넘김과 은은한 달콤함이 6도의 착한 도수를 만나 조화롭게 어우러져 포근한 이불속에 누워 쉬는 듯한 안정감을 선물할 것이다.

ENTP 논쟁을 승리로 이끌어줄 술

언제 어디서나 논쟁의 중심에 있는 당신에게 논쟁이란 다툼이 아닌 건강하고 유익한 소통이다. 자신의 생각을 관철시키기 위해 토론하는 것을 좋아하기에 한번 논쟁이 시작되는 순간 몇 시간이나 대화가 이어지기도 한다. 그런 당신에게 어울리는 술은 이야기 중간에 마셔도 입 안을 건조하게 만들지 않는 저도수이자 과한 단맛이 없는 술이다. 그리고 오랜 시간 마셔도 바닥을 보이지 않는 용량의 술이면 금상첨화일 것이다. 영암 삼호 주조장의 '도갓집 동동주'처럼.

도갓집 동동주는 6도라는 부담 없는 도수에 동동주 특유의 은은한 달콤함이 더해져 어느 한 쪽으로도 치우치지 않은 탄탄한 밸런스의 막걸리다. 무엇보다 몇 번을 내리 따라 마셔도 없어지지 않을 1,500㎖의 용량 또한 매력적이다. 이 동동주와 함께라면 밤샘 토론에서도 승리할 수 있을 것이다.

ENFJ 하이볼파와 니트파 모두를 만족시킬 선택
언제나 따뜻한 말과 행동으로 무의식 플러팅을 선사하는 매력적인 성격의 소유자인 당신. 특유의 리더십과 부드러운 카리스마로 늘 누군가를 리드하는 역할을 맡는다. 언제나 조화를 추구하며 함께 이상적인 목표를 달성하는 것을 중요하게 여기는 당신에게는 술을 고를 때에도 함께하는 모든 이들의 취향을 만족시킬 술을 고르기 위해 최선을 다한다. 그런 당신을 위해 예산사과로 만든 사과 브랜디 '추사'를 추천한다.

추사는 사과를 발효해 만든 와인을 증류하여 오크통에 숙성한 40도의 술로 달콤한 카라멜 향과 싱그러운 사과 향이 조화롭게 어우러지는 매력적인 술이다. 스트레이트로 마실 때에는 독주파의 취향을, 토닉워터에 희석해 하이볼로 즐길 때에는 낮은 도수를 선호하는 술린이를 만족시키는 완벽한 범용성을 가진 술이다.

3.
전통주 보틀샵 대표의
인생 전통주

　좋은 책 한 권이 인생에 중대한 영향을 끼치곤 한다. 작가의 따뜻한 말 한마디가 부드럽게 마음을 어루만지기도 하고 냉철하고 확고한 글귀는 마치 회초리처럼 마음을 다잡게 만든다. 마찬가지로 내겐 나의 마음을 부드럽게 녹여주기도, 따끔하게 일깨워주기도 하는 술들이 있다. 마시는 사람을 울고 웃게 만드는가 하면 때로는 친구처럼 때로는 가족처럼 든든하게 기댈 수 있게 해주는 그런 술. 지금부터 내 인생의 희노애락이 되어준 술들을 소개한다. 나의 본업 모멘트가 제대로 드러나는, 그 어떤 챕터 보다 술냄새가 찐하게 묻어날 것이다.

탁주 좋은 막걸리는 안주가 필요 없다

탁주만큼 훈훈한 술이 또 있을까. 어릴 적 명절날 가족들이 모여 막걸리 한 잔을 마실 때면 할아버지께서는 굵은 소금을 작은 종지에 담아 막걸리와 함께 마시곤 하셨다. 그리고는 옛날 옛적 먹을 것이 없었던 보릿고개 시절엔 이렇게 소금을 안주로 삼아 막걸리를 마셨다며 하나의 가르침처럼 이야기를 들려주셨다.

배고팠던 그 시절 탁주의 특징은 '달콤함'이다. 그냥 달콤함이 아닌 '공허한 달콤함'이다. 고된 농사일을 마치고 녹초가 된 하루의 고단함을 달래기 위해 필요했던 달콤함. 그러나 당시에는 쌀이나 밀만을 사용하여 단맛을 만들기는 불가능이었다. 이때 부족한 단맛의 자리를 아스파탐, 사카린 같은 대체당들이 채워주었다. 이러한 아픔을 온전히 간직한 술이 바로 우리가 흔히 마시는 플라스틱 병에 담긴 6도 내외의 막걸리들이다.

하루의 피곤을 달래는 막걸리

앞에서 설명한 종류의 술 중에서 도갓집의 무화과 동동주는 아주 특별한 술이다. 모두가 수입쌀로 술을 빚던 시절, 오직 국산쌀로만 술을 빚겠다는 양조장의 확고한 신념이 3대

도갓집 무화과 동동주

양조장: 삼호주조장(영암)
재료: 쌀, 국, 무화과(영암), 정제수,
　　　스테비아
추천안주: 홍어무침, 매운 떡볶이

를 거쳐 지금까지 내려왔다. 3대가 이어온 탄탄한 기본기에 영암의 특산품 무화과가 더해지니 인생 막걸리가 탄생했다. 달콤하고 부드러운 쌀 향기에 싱그러운 무화과 향기가 주는 설레는 조화, 거기에 절제된 달콤함이 주는 트렌디한 감각 한 방울까지. 무더운 여름날 하루 일과를 마치고 살얼음이 서린 도갓집 동동주를 마시면 하루의 고됨이 눈 녹듯 사라지는 마법을 경험할 수 있다.

막걸리의 기준이 되는 막걸리

모든 예술, 음식, 문화에는 그것의 기준이 되는 기준점과 같은 존재, 클래식이 있다. 탁하게 걸러서 앙금과 함께 마시는 술 탁주. 탁주에도 클래식이 있다면 아마 우리의 조상님들이 써낸 '고조리서(古調理書)' 속 술들이 아닐까 생각한다. 수많은 현대 양조사에게 있어 기준점이 되어주는 존재는 우리 술의 기준을 명확하게 알려주는 고마운 지표가 되어준다. 그리고 어떤 양조장보다도 고조리서에 기록된 우리 술의 본래 모습에 가깝게 빚어진 술이 지란지교의 탁주이다.

지란지교는 전통주계의 시조새라고도 불리는 박록담 소장님께 술을 배운 분이 직접 술을 빚는 양조장이다. 박록담 소장님은 떠날 준비가 된 제자들에게 '박록담류'라는 이름을 써서 술을 빚을 수 있도록 허락해주는데, 그렇게 박록담류가 된 양조장들은 전통제법을 철저히 고집하는 양조철학을 가지고 있다.

박록담류의 양조장으로서 잘 띄운 전통 누룩과 좋은 쌀, 전

지란지교 탁주 13

양조장: 지란지교(순창)
재료: 쌀, 누룩, 물
추천안주: 한정식, 산채 비빔밥,
　　　　　 떡갈비

통제법을 잘 버무려 인생 탁주를 빚는 지란지교의 탁주를 마실 때면 전통을 고수하는 양조장의 고집이 정말 감사하다. 싱그러운 풀 같은 풋풋한 향기와 고소한 누룩향기의 기분 좋은 조화와 아낌없이 넣은 쌀의 풍부하고 우아한 맛이 잘 어우러진다. 13도의 도수가 선사하는 은은한 여운이 오랫동안 입안에 남으며 기분 좋게 취하게 만든다.

약주 맑은 술은 권력의 상징

철저한 신분 사회였던 우리 조상님들에게 술이란 마실 것을 넘어서 자신의 신분을 나타내는 상징이 되기도 했다. 앙금을 걸어내고 대나무 필터로 걸러 만드는 맑은 술인 약주는 얻을 수 있는 술의 양 자체가 적을 뿐만이 아니라 맛과 향 또한 훌륭하여 귀한 술로 여겨졌다. 그렇기에 귀한 술을 마실 수 있는 사람 또한 지극히 제한되어 있었다. 심지어 고려시대의 시인 이규

보는 관직에서 물러난 뒤 맑게 거른 술을 마실 수 없게 되자 허탈함을 토로하는 시를 쓸 정도였다.

지금은 누구나 약주를 쉽게 접할 수 있게 되었지만 오랜 세월 이어진 신비주의 마케팅 때문일까? 많은 사람의 워너비였던 술이 어느새 탁주와 소주 사이에서 도통 입지를 넓히지 못하고 있다. 하지만 약주는 한 번 맛본다면 통장이 거덜날 때까지 헤어나올 수 없는 무시무시한 매력을 가진 술이다.

약주의 기준점

약주의 매력을 처음 접하기 가장 좋은 술은 인천에 자리잡은 전통주 도가 송도향의 '삼양춘 약주'이다. 세 번에 나누어 술을 빚었다는 뜻과 겨우내 익혀 봄에 마시는 술이 으뜸이라는 뜻을 가진 삼양춘은 전통 누룩과 품질 좋은 쌀을 사용해 빚은 술로 약주의 기준점이라고 할 수 있다.

전통 누룩이 주는 다채롭고도 우아한 과일 향기에 진한 곡주의 부드럽고 풍부한 질감, 거기에 은은한 달콤함이 더해져 어떤 술로도 견주기 힘든 마성을 담고 있다.

삼양춘 약주

양조장: 송도향 (인천)
재료: 쌀, 누룩, 물
추천안주: 소갈비, 한우 구이,
　　　　　국물이 자작한
　　　　　서울식 불고기

이거 쌀로 만든 거 맞아요?

처음 이 술을 마셨을 때 쌀로 빚었다는 것이 믿기지 않았다. 마치 잘 칠링된 화이트 와인을 잔에 따랐을 때에 느껴질 법한 청량하고 시원한 포도 향기가 쌀로 만든 약주에서 느껴졌기 때문이다. 정말 잘 빚은 술에서는 마치 과일을

먹는 것처럼 강렬하고 신선한 향기가 느껴진다. '마루나 약주'처럼 말이다.

보통 약주는 고급주로서 예로부터 두 번, 세 번에 나누어 빚는 술이다. 하지만 미국에서 심리학을 전공하고 한국 술맛에 푹 빠져 직접 양조장까지 차려버린 아토 양조장의 대표님은 단 한 번만 빚어 완성한 술인 단양주를 맑게 걸러 이제껏 경험한적 없는 청량하고 가벼운, 마치 와인과 같은 맑은 술인 '마루나 약주'를 탄생시켰다.

터질 듯이 생생한 생명력이 느껴지는 강렬한 향기, '와

마루나 약주

양조장: 아토양조장(용인)

재료: 쌀(용인), 누룩, 물

추천안주: 광어회, 포케 샐러드,
        분짜(베트남의 비빔 쌀국수)

인이다'라는 생각이 들만큼 진한 포도향이 군침을 돌게 만든다. 물처럼 가벼운 질감에 시원한 산미와 절제된 단맛이 어우러지며 약주계에 새로운 지평을 열어주는 술이다. 더운 여름, 공원에서 아주 차갑게 칠링한 마루나 약주 한 잔은 훌륭한 피크닉 파트너가 될 것이다.

소주 50도 정도면 평범하네

우리 조상님들은 지금과는 달리 곡물로 빚은 발효주를 소줏고리로 증류하여 소주를 내렸다. 이 방법을 사용하여 소주를 내리면 16도 정도의 희석식 소주는 물처럼 느껴지는 전통 소주가 만들어진다.

쌀이 금처럼 귀했던 옛날에는 높은 도수의 술을 빚기 위해 많은 양의 쌀을 사용하는 것은 금단의 일처럼 여겨졌다. 그렇기에 당시 조정에서는 다른 술과 달리 소주는 엄격하게 통제했다. 세종대왕 때부터 나라가 점차 안정화되자 소주의 소비가 급격하게 늘어나기 시작하는데, 조정의 연회 등에서도 소주가 사용되며 소주를 내리기 위한 쌀의 소비가 급증하자 성종 때에 이르러서는 소주를 아예 금지할 정도였다.

현대에 이르러서도 소주의 수난은 계속되었다. 1960년대에는 쌀 소비를 줄이기 위해 정부 차원에서 쌀로 술을 빚는 것을 금지했고 그때 지금의 희석식 소주가 등장했다. 시간이 지나 매년 농사를 통해 나오는 쌀을 전부 소비하지 못하는 상황이 생기는 지금 시대에 비로소 쌀 소비에 엄청난 기여를 하는 증류식 소주가 부활하여 우리들 곁에 돌아왔다.

소주 명가의 근본 넘치는 소주

50도쯤은 가볍게 생각했던 조상님들의 소주를 처음 접할 때 추천하는 술은 바로 근본 넘치는 소주 명가이자 서울에 자리잡은 삼해소주가의 '삼해소주'이다. 서울시의 무형문화재로

선정된 술이자 고려시대부터 빚어온 삼해주는 조선시대에 양반가에서 즐겨 마셨다고 전해지는 술이다. 가장 전통방식에 가깝게 만드는 소주로 고소하고 진한 곡물의 풍미와 45도의 도수가 어우러져 온몸이 후끈해지는 강렬함과 중독성을 지닌 전통 소주이다.

삼해소주

양조장: 삼해소주가(서울)

재료: 쌀, 누룩, 물

추천안주: 족발, 편육, 평양냉면

이젠 소주도 스마트하게 즐기자

분자요리부터 수비드 조리법까지 우리가 먹고 마시는 모든 것들은 과학의 발전에 힘입어 끊임없이 진화하며 우리에게 설렘을 선사하곤 한다. 그리고 이러한 발전에 힘입어 우리의 소주 또한 끊임없이 변화하고 있다. 소주의 변화에 앞장서서 소주를 새로운 경지로 이끌어내는 양조장이 있다. 바로 청주에 자리잡은 신생 소주 증류소 '스마트브루어리'이다.

삼성전자 부사장과 SK 하이닉스의 사장을 역임한 오세용 대표가 위스키에 뒤지지 않는 한국의 소주를 만들겠다는 일념으로 창업한 곳으로 반도체 회사에서의 경험을 소주에 적용하여 한치의 오차도 없는 완벽에 가까운 소주를 만들고 있다.

스마트브루어리의 소

마한 소주

양조장: 스마트브루어리(청주)
재료: 쌀, 국, 정제수, 효모
추천안주: 육회, 참치회,
　　　　　맑은 국물요리

주는 증류기를 진공상태로 만들어 증류하는 감압식 증류로 소주를 내려 보다 가볍고 부드러운 질감과 마치 발효주를 연상시키는 싱그럽고 풋풋한 과일 향기가 특징이다. 차갑게 칠링한 탄산수에 소주를 취향껏 더해 하이볼을 만들면 그 자체로 나를 위한 선물이 된다.

오늘도 내일도
술 마시며
일할 거예요

나의 하루는 술로 시작해 술 한 잔으로 끝난다. 전통주와 사랑에 빠져 이 일을 하기로 시작한 그날부터 어쩌면 술과 내가 하나된 술아일체의 삶은 피할 수 없는 운명이었을지도 모른다. 좋아하는 술을 마시며 일한다는 사실이 위로가 될 때도 있지만, 숙취에 시달리는 주말 아침이나 밤새 일하고 출근한 아침에도 술을 마셔야만 하는 운명을 마주할 때면 술 마시며 일하는 이 일이 단지 유쾌하게만 느껴지진 않는다. 그럴 때면 술 한 잔에 기대어 문득 내 삶을 되돌아본다.

나는 어렸을 적부터 마음이 여렸기에 거절하는 법을 몰랐다. 때문에 줄곧 많은 선택을 강요받으며 세상이라는 무대에서 내가 '되고 싶은' 배역이 아닌 '되어 주길' 원하는 배역을 맡았다. 일을 잘할 것 같다는 친구들의 칭찬에 떠밀려 반장을 하고 좋은 대학에 진학해야 한다는 사회의 입김에 떠밀려 원치 않는 공부를 하기도 했다. 그렇게 떠밀리고 떠밀려 내 자신을 잃을 지도 모르는 절체절명의 위기, 말 그대로 낭떠러지에 내몰린 순간에 운명처럼 술이 나를 다시 찾아주었다.

술은 살면서 처음 만났던, 가슴 뛰도록 하고 싶었던 일이었다. 일하면서 마신 술 한 잔이 주는 취기에 이제껏 해본 적 없던 일에 무작정 뛰어들기도, 거래처의 터무니없는 요구를 단칼에 거절하기도 했던 나의 모습들을 돌아보며 '술 한 잔이 있었기에 내가 더 나답게 살 수 있지 않았을까?'라고 생각에 잠기곤 한다. 그렇게 후회는 어느새 위로로 바뀌어 오늘도 내일도 술 마시며 일하겠다는 내 마음속 다짐에 힘을 더해준다.

살다 보면 삶이 나를 시련으로 내몰고, 그 끝에서 결국 내 자아를 전부 잃어버린 채 발 디딜 틈 없는 벼랑 끝에 내몰린 것처럼 느껴질 때가 있다. 그때 나를 찾아주었던 운명의 한 잔이 당신에게도 나타나길 바란다. 그리고 그 한 잔에 온몸을 맡겨보길. 나아가 그 한 잔에 취해 오늘도 내일도 더 나답게 살아가길.